岩波現代文庫／文芸 225

現代語訳 蜻蛉日記

室生犀星

岩波書店

目　次

蜻蛉日記関係系図
（太字は登場人物）

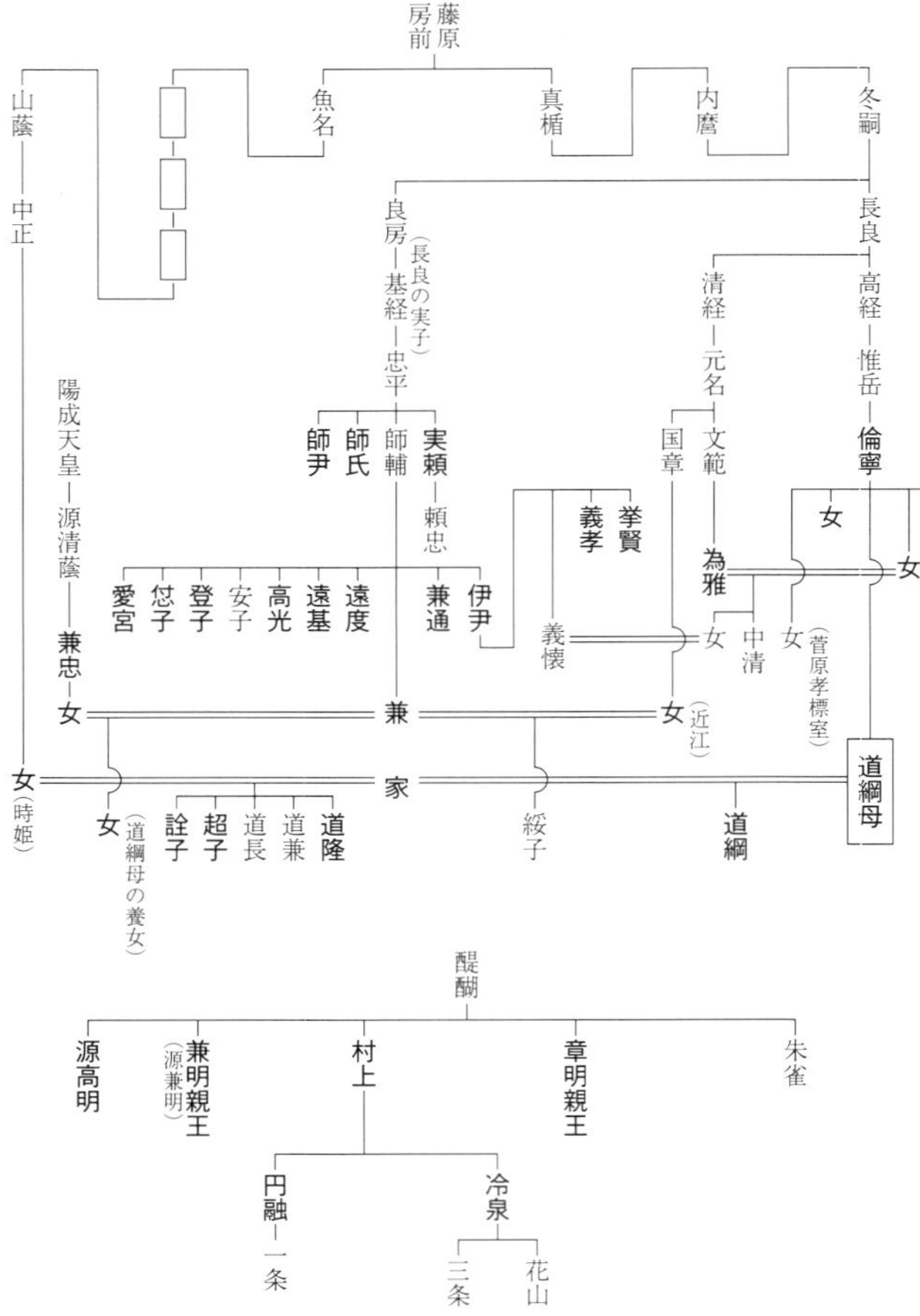

巻の上

天暦八年(九五四年)―安和元年(九六八年)
道綱母十九歳―三十三歳
兼家　二十六歳―四十歳
道綱　　　―十四歳

生涯ももう半ば過ぎて、今ではこの世になんのなすこともなく、中途半端な状態で生き長らえている私であった。顔容貌《かたち》だって人なみではなく、気性もしっかりしているわけではないから、こんなにはかない暮らしをしているのももっともとは思うものの、ただ毎日をものうく明かし暮らし送るうちに、世間に多い古物語の端々などを取り上げてみると、ずいぶんひどいそらごとさえ書かれているようである。自分は人なみでもない身の上なのだが、それをありのままに日記に書いてみたら、かえって珍しがってくれる人があるかもしれぬ、また門地の高い人の暮らしはどんなようすか世間の人が知りたいとき、これをその一つ話としてほしいとも思うのだが、なにぶん遠い年月のことなので記憶もうすれ、そのまま書かずにおけばよいことを、たくさん書いてしまったことになるかもしれない。

さて、取るに足らない淡々《あわあわ》しかった好《す》きごとの話は別として、――その年の初夏のころ、兵衛佐《ひょうえのすけ》をしていらしたあの方(兼家《かねいえ》)から、突然私に求婚の御文をよこされたのであった。普通の方なら、仲介者を求めるなり、召使の女などに取りつがせるのが例なのだが、あの方は役所で私の父に冗談ともまじめとも、そのどちらにも思えることなしでほのめかしたりして、とんでもないと父が答えたのも気がつかないふうで、いきなり馬に乗った人をよこして門をたたかせたのであった。だれからなぞと聞かせるには、相手はあまりはっきりしているし、周囲のものが騒ぐのでとほうにくれて取り入れたが、侍女たちが興奮してまた大きな騒ぎとなってしまった。見ると料紙なぞもこういう場合にかなったものではなく、ひじょうにおりっぱだと平生《へいぜい》から聞いていた御手跡も別人ではないかしらと思うほどへたなので、どうもすべてが疑わしかった。書いてあったことは、

音にのみ聞けばかなしなほととぎすこと語らはむと思ふ心あり

（今は時鳥《ほととぎす》の季節ですが、評判だけ聞いているのではかなしいから、お会いして話し合いたいと思います）

返事をしなければわるいかしらと皆で話し合っていると、昔気質《むかしかたぎ》の母が出て来て、しきりに恐縮してすすめるので、私の方でも歌をものした。

語らはむ人なき里にほととぎすかひなかるべき声なふるしそ

（話し合う人もいないような所でございますから、どうぞむだなことをなさらないように）

これを最初に再三よこされたが、返事もしないでいると、またお手紙をよこされた。

おぼつかな音なき滝の水なれや行くへも知らぬ瀬をぞたづぬる

（あなたは音なしの滝のようにたよりないお人だ。いつになったらお会いできるのでしょうか）

こんなお歌に、「やがてこちらから御返事をさしあげます」と言ってやったのが、

あの方には愚かにも見えたのだろう、またつづいて、

人知れず今や今やと待つほどに返り来《こ》ぬこそわびしかりけり

(こっそりと今か今かとお待ちしているのに、御返事のこないのは心細いことです)

と言って来た。母が、「恐れ多い、てきぱきと御返事なさるがよい」なぞと言って、能筆の侍女に適当に書かせてお返しした。それでさえまじめに喜んで何度もお手紙をおよこしになる。また添えてある文面を見ると、

浜千鳥跡もなぎさにふみ見ぬはわれを越す波うちや消《け》つらむ

(おたよりをいただけないのは、あなたには私よりもっと親しい人があるせいでしょうか)

今度も、例の美しい手で返事を書いてくれる侍女に任せて紛らわした。しかしまた御文が来たのだった。

「まじめに代筆の返事がいただけるのは、たいへんうれしいことですけれど、この

手紙に御自身がお書きになった返事が来なかったら、どんなにつらいことでしょうか」など尋常な文の端に書き添えてあった。

いづれともわかぬ心は添へたれどこたびはさきに見ぬ人のがり

（どちらも区別しない気もちでおりますが、今度は前に見なかった人のもとにこれをさしあげます）

と書いてあったが、いつものように私は人任せでさばいてしまった。こんなふうで恋愛というほどの交際もなく、ありふれた消息のやりとりなどをして、いたずらに月日を過ごしていたのであった。

秋になって、

「分別くさく見られるのがつらくて、がまんしていましたけれど、もうどうにもおさまらなくて」というお手紙を添え、こんな歌が来た。

鹿の音《ね》もきこえぬ里に住みながらあやしくあはぬ目をも見るかな

（町中《まちなか》に住む身には鹿の鳴く音も聞こえはしないのに、ふしぎに眠られぬ夜をなやんで

います）

私の返事、

高砂《たかさご》のをのへわたりに住まふともしかさめぬべき目とは聞かぬを

（あなたは山中に鹿といっしょに住んでおいでになっても、そんなにお目ざめがちな方とは聞いていませんが）

「ほんとに変わったおこころでございます」とだけ言ってやった。またしばらくすると、お歌があった。

逢坂《あふさか》の関やなかなか近けれど越えわびぬればなげきてぞふる

（逢坂山はすぐ近くですが、越えにくくて悲しんでいます）

越えわぶる逢坂よりも音に聞く勿来《なこそ》をかたき関と知らなむ

（逢坂の関よりも、来るなという意味の勿来の方がずっと越えにくい関所だとお思いください）

などと御返歌したけれど、私の心はどんなふうに動いていたのだろうか。何度も歌を贈り答えしているうちに、とうとうあの方をお通わせするようになってしまった。ある朝、

夕ぐれの流れ来るまを待つほどに涙おほゐの川とこそなれ
（夕ぐれを待っている間にもう涙が頰ににじんできます。会いたくて）

こんな後朝《きぬぎぬ》のお歌に対し、私も返歌をした。

思ふこと大井の川の夕ぐれは心にもあらず泣かれこそすれ
（物おもいの多い夕方は、すぐにもかなしくなってまいります）

そして三日目のお祝いの朝、

しののめにおきける空は思ほえであやしく露と消えかへりつる

（あけ方に別れて帰る時は、人心もなく、まるで置く露のかそけさで消えてしまいそうです）

とまたたよりをいただいたので、私の方でもお返しをした。

定めなく消えかへりつる露よりもそらだのめする我はなになり

（そんなつれない露よりも、あてにならない人をあてにする私のはかなさは、いったいなんと言ったらよいのでございましょう）

こうしてごくありふれた状態で日が過ぎていったが、まもなく私がよそへ出かけて行ってそこに滞在していた家にいらしって、泊まってゆかれたりした。翌朝、「今日一日だけでものんびりしたいと思っていたが、なんだか迷惑そうだったので帰ってしまった。どうしたのか、私にはあなたのなさることが私をさけるために山籠《ごも》りしていられるとしか思えないが」と言ってきた。私はただ歌だけで御返事した。

思ほえぬかきほにをれば撫子《なでしこ》の花にぞ露はたまらざりける

（思いがけぬ場所に来ていますと、自分の身の上がかえりみられてとめどなく涙ぐんでまいります）

日を送るうち、やがて九月になってしまった。

晦日《つごもり》のころ、引きつづいて二晩ばかりいらっしゃらない夜があって、手紙だけが来たものだから、こちらからこんな歌を言ってやった。

消えかへり露もまだひぬ袖《そで》の上に今朝はしぐるる空もわりなし

（消える思いで明かした袖もかわかないのに今朝はまたしぐれが降って気がかりなことです）

折り返し、すぐに返事があって、

思ひやる心の空になりぬれば今朝はしぐると見ゆるなるらむ

（あなたのことを思えば空といっしょになって、私のこころがしぐれのように見えるのでしょう）

と慰めてきたので、私がその返事を書きかけていると、ふいにご本人が見えたのであった。しかしまたしばらくたって訪問が絶えているころ、ちょうど雨の日、「夕暮れに行こう」など言って来られたが、私の方でも恨みがちだった。

柏木《かしはぎ》の森の下草暮《くれ》ごとになほたのめとやもるを見る見る
（あなたの下に身をよせて生きている私は、毎夜会えないのを嘆きながら、やはり移り気なあなたをたよりにしなければならないのでしょうか）

そんな歌を贈ってみたが、あのお方は御自身でやって来て、返事は紛らしてしまった。

十月になって、こちらで物忌《ものいみ》に引きこもってだれにも会わないでいる間を、なんだか不安そうに心配されたようすで、

嘆きつつ返す衣《ころも》の露けきにいとど空さへ時雨《しぐれ》添ふらむ
（せめて夢の中で会いたいと衣を裏返しにして寝たのだが、やはり眠れないで涙にぬれ、そのため空もいっそう時雨めいてくるらしく思われる）

私の返事はたいへん古風なものになってしまって、

思ひあらばひなましものをいかでかは返す衣のたれも濡るらむ

（思いの火があるならかわきそうなものですのに、なんで返した衣がだれもぬれるのでしょうか）

などと、まるで昔の歌のような調子で申しあげるのであった。

そのうち、私のほんとうにたよりにしている父（倫寧《ともやす》）が国守《くにのかみ》に任ぜられて、いよいよ陸奥《みちのく》へ旅立つことになったが、時節はたださえあわれの深い秋のことだし、夫とたのむあの方にもまだそんなに慣れなじんだというほどでもない。いらっしゃるたびに私はただ涙ぐみとほうにくれているばかりで、心細いことはたとえようもないくらいだった。あの方はそういう私の気もちを引き立てようとして、身にしむような言葉つきで、けっして見捨てるようなことはおさせしないから安心していらっしゃいと言ってくれるのだが、人間の心なんてそんなに当てになったためしはないと思ってみたり、ただむやみに心悲しいことばかり考えつづけられていた。いよいよみな出発という日になって、行く父の方でも涙を止めかねるほどだったが、あとにのこる私たちの方はまして言葉にもできないほど別れを惜しんでいたので、出発の予定時刻が延びてしまった。そしてまた顔を見合わせては悲しんでいたが、父は形見《かたみ》の硯《すずり》に何か文のようなものを巻き込んで、またほろほろと涙ぐみながら家を出られた。私はしばらく見る気にもなれなかったが、もうすっかりあとを見送ってしまったので、なんだかためらいがちにそれをひらいて見ると、

君をのみたのむ旅なる心には行く末遠く思ほゆるかな

(あなただけをたよりにして遠く旅立って行く身ですが、どうぞ娘との行く末がまどかであるよう祈ります)

と書いてあった。私の夫に読んでほしいというのだろうと、なんだかそんな親の心がせつないような気がし、もとのとおりに巻いておいた。しばらくしてあの方が来たようだった。目も見合わせないで私が思い沈んでいると、「どうなされた、こんなことは世の常のことではないか。そんなに悲しんでばかりいるのは、私をたよりにしていないと受け取ってもよいことになる」などとほどよく取りなしているうちに、ふと硯

の中の手紙に気がついて読み下し、「ああ」と言ったまま外へ出て行った。門のところで、

われをのみたのむといへば行く末の松のちぎりもきてこそはみめ

(私だけを信頼すると言われますが、私は心丈夫です。末長く二人の仲をどうぞ来て見てください)

と一首の歌を言いのこして行った。

こうして日がたつうちに旅へ出立した父のことを思いやるだけでも、なんとなく心細いのに、あの方の心も何かあまりたのもしそうにも見えない気が、交じりながら私を嘆きに誘うた。

十二月になって、あの人は比叡山《ひえいざん》の横川《よかわ》に参籠《さんろう》する用ができて、寒いのに登って行かれた。

「だれもかれもみな雪に降りこめられて、たいそう心細く、恋しさも堪えがたい」

と使いに言ってこさせたので、私は歌をつけて返した。

氷るらむ横川の水に降る雪もわがごと消えてものは思はじ
(凍っているだろう横川の水に降る雪も、私ほどは悲しい物思いはいたしますまいに)

その年もまたはかなく暮れてしまった。

正月時分に、二、三日見えない日がつづいた間に、よそへ出かける用ができたので、「使いが来たら渡しておくれ」と言って、私は歌を置いて行った。

知られねば身はうぐひすの振り出でつつ鳴きてこそ行け野にも山にも
(行く末のことも不安なので、私はうぐいすのように野山に出てさすらい鳴くようなみじめさでございます)

それに返事があった。

鶯《うぐひす》のあだに出行かむ山べにも鳴く声聞かばたづぬばかりぞ
(鶯のように浮気をして出て行っても、その美しい声を聞いたら私は山の中へでも尋ね

て行くことを、いつも心に決めております）

そんなことがあるうちに、私はどうやらからだが普通でないようすで、春から夏へとずっとなやみくらしていた。八月の末にようやく道綱《みちつな》が生まれたのだが、その間じゅうさすがにあの方は親切にあつかってくださるようすであった。九月ごろになって、ある日、ちょっと外出せられた留守《るす》に、手箱が置いてあるのをなにげなく手慰みにあけてみたら、だれかのところへ届けようとした文があった。あきれはてた気がしたが、せめてその文を見たというきびしさだけでも知られたいと、書きつけておいた。

うたがはしほかにわたせる文みればここやとだえにならむとすらむ
（よその女におあげになるお文を見ると、もうここへはおいでにならなくなるだろうと心がかりになります）

など心の中を述べてみたが、どうしたのか十月の晦日《つごもり》ころに三日もつづけさまにいらっしゃらない晩があった。

「薄情なふりをして、お前の気もちをしばらくためしているうち……」なぞとやが

てやって来てきげんを取っていらして後、

「ちょっとのがれがたい用があるので」と言って、ここから夕方出て行こうとされるのであった。へんに思って人に跡をつけさせてみたら、

「町《まち》の小路《こうじ》にあるこれこれでおとまりになりました」と言って帰って来た。やっぱりそうだったのか……と胸もいたむ思いで数日を過ごしていると、ある明け方あの方はまた門をたたいておいでになるのであった。そうらしいとは思うが、くやしいのであけさせないでいると、例の女の家と思われる所へ行ってしまった。が、朝になってそのままにしておくのも気になるので、

嘆きつつひとりぬる夜のあくる間《ま》はいかに久しきものとかは知る
（嘆きながらひとり寝ている夜の、あの長い夜明けを待つ苦しみがどんなに長く堪えられないものかおわかりでございますか）

といつもより少しひきつくろった字で書いて、色あせた菊にさして持たせてやった。

すぐに返事があって、

「お前が戸をあけてくれるまで待とうとしたのだが、急用のたよりを持って来る者

に会ったので、……ほんとにしかたのないこと……」

げにやげに冬の夜ならぬまきの戸もおそく明くるはわびしかりけり

（なるほど冬の夜は明けにくいが、槙《まき》の戸もなかなか明けてくれぬのはつらいもの）

それにしてもこちらで、どうもへんなことだとこんなに疑わしく思っていることを、まるで何事もなかったといったふうである。いましばらくの間でも、私には女のことをないしょにしているようすでも作って、「内裏《うち》へ」など言っておだましになってくれられないものかと、いよいよ気にくわないなさり方だと、つくづく小づらにくく思われた。

年改まってやっと三月になった。お節句には桃の花なぞを飾りつけて、うきうきと待っていたのに、とうとうお見えにならなかった。近ごろ姉のところへお通いになって来るもう一人の方（為雅）も、いつもは立ち去りかねるほどの深い気もちなのに、どうしたのか今日はお見えにならない。そうして四日の早朝になって、二人そろってやって来た。昨夜から待ちわびていた侍女たちが、せっかく用意したものをそのままにしておくよりはと言って、あちらからもこちらからも準備の品を持ち出して来た。あんなに心をこめて準備してあった花を折って内所の方から取り出して来るのを見ると、私はふと腹立たしい気もちになって、手習いでもしているようなようすで、

待つほどのきのふ過ぎにし花のえは今日折ることぞかひなかりける
(待っていた昨日が過ぎてしまったので、花の枝は今日折ってもなんのかいもありませぬ)

と書いて、もうどっちでもいい、どうせ憎らしいのだから、と思ってかくしてしまったのに、あの人はふとようすを気取って奪い取り、返事をした。

三千歳《みちとせ》を見つべき身には年ごとにすくにもあらぬ花と知らせむ
(行く末長くちぎるはずの私には、今さら事あたらしく愛情のこまやかさをとやかく言うほどのことはありませぬ)

それを姉の所へ来るもう一人の方も聞いて、御自分でも歌を作られた。

花によりすくてふことのゆゆしきによそながらにて暮してしなり
(桃の花のために好くのだと思われるのがいやで、昨日はわざと来なかったのです)

その前後から、もう町の小路の女のもとへ通って行くことを、わざとはっきりとそぶりに見せるようになっていった。私よりも前からの人との間さえ何か後悔しているようなようすだった。言いようもなく心うく思われたけれど、どう手のつけようもないのである。姉の方へばかり今一方が絶えず出入りするのを見つつ暮らしているうちに、どうしたのかもっと心安く過ごせる所へ行こうと、姉を家からつれ出して行ってしまった。後にのこされる私はやりきれないほど心せつなく、これからは影も容易に見られなくなるに相違ないと、真底から心沈んでいよいよ出発の車を寄せる間にこう言ってやった。

などかかる嘆きは繁さまさりつつ人のみかかる宿となるらむ
(どうして嘆きだけがこんなに多くなって、人は離れて行く住まいとなってしまうのでしょう)

返事は姉のかわりに男がした。

思ふてふわが言の葉をあだ人の繁る嘆きにそへて恨むな

（あなたのことを思っているという私の言葉を、浮気な人ゆえにするあなたの嘆きに添えて、あの人をそんなにお恨みしないように）

など言い残してやがてみな移って行ってしまった。それからはただ一人で寝起きをする身となってしまった。だいたいの生活はなんの不足もないのだけれど、ただあの人の気もちだけを恨みに思っている。しかしそれは私ばかりでなかった。このごろは長い間のちぎりで本邸に住んでいる時姫のところさえ、とだえがちだという噂なので、文など通わすついでがあったので、五月三、四日のころこんなお見舞いを贈ってみた。

そこにさへかるといふなる真《ま》菰草《こもぐさ》いかなる沢に根をとどむらむ

（あなたの所さえ離れているということですが、いったいあの人はどこに通っているのでしょうか）

すぐに返事が来た。

真菰草かるとは淀《よど》の沢なれや根をとどむてふ沢はそことか

(離れていったのは私の所でしょう。あの人の通っているのはあなたの所と聞いていますが)

痛い歌だった。六月になりその月初めにかけてひどい雨がしとしと降りつづいた。退屈でぼんやり庭をながめているうちにひとりごとのように歌を作ってみたが、慰められるものではなかった。

わが宿のなげきの下葉色ふかくうつろひにけりながめふるまに

(長雨に庭の下葉も色あせたが、私も物思いに沈んでいる間にきりょうが衰えてしまった)

やがて七月になった。いっそ二人の仲が絶えてしまったのなら、かえってたまに来るよりはましだろう、などと思いつづけているときに、ふとたずねて来たひと日があった。ものも言わないから、なんとなく寂しくもの足りないようすだったので、そば仕えの侍女が前の下葉の歌のことを話のついでに言い出すと、あの方はじっと聞いていてこう言った。

をりならで色づきにけるもみぢ葉は時にあひてぞ色まさりける
（その時期でもないのに色づいた紅葉《もみじ》は、ちょうど時節にあっていっそう美しくなったではないか）

しかたなく私も硯《すずり》を引き寄せて、

秋にあふ色こそましてわびしけれ下葉をだにも嘆きしものを
（下葉の色づくのでさえ嘆いて見いる身ですから、すっかりあきられてしまうのはとても悲しい）

こんな状態でどうにか引きつづいて来ることは来ていたが、心のうち解ける夜とてなく、だんだんお互いに気まずくかたくなになっていった。たまにたずねて来てもふきげんな顔を見せるので、あの人の方でもそちらがそのつもりなら、と気色《けしき》ばんで帰るようなこともあった。隣家のよく事情を知った人が、出て行くのを知って歌を詠《よ》んだ。

藻塩やく烟《けぶり》の空に立ちぬるはふすべやしつるくゆる思ひに
（くよくよしてふきげんでいらっしゃる顔を見るのは、あの人もおもしろくなくて帰って行くのであろう）

などと、隣人から差し出口が出るほど、お互いに恨みごとを言い合ったあげく、最近はほんとうに長い間訪れて来ない。普通のときならなんでもなかったのだが、私はこのごろ魂が遊離でもしたようにぼんやりとしてしまい、なんでもなにげなく置いてあるものがふと見えなくなってしまう状態だった。これではしようがない、何一つ思い出の種さえなかったんだなぞと思っていると、十日ほどたって手紙が来た。なにくれと書いて、

「帳台の柱に結びつけておいた小弓の矢を取って届けておくれ」とあったので、ま

だこんなものが残っていたのかと思いながら取りおろした。

思ひ出づる時もあらじと思へども矢といふにこそ驚かれぬれ

（あなたのことなぞ思い出すときもあるまいと思っていましたのに、や、と言われて驚きました）

と書いて持たせてやった。

こうして仲が絶えていた間、あいにく一条西洞院《にしのとういん》の私の家は、あの人が内裏《うち》へ参上したり東一条の本邸へ退出したりする道筋に当たるので、夜中となく暁となくせきばらいなどをして前を通って行くのが、聞かないでいようと思っても、耳についてよく寝入ることもできなかった。夜どおし眠らないでいるので、ああの人が通ると伝わってくる気もちは、たとえるものがないくらいだった。今はせめてあの人のことを見聞きしないでいたいと思っていると、「昔熱心にお通いになった方も、今はいらっしゃらないそうですね」などとだれかが召使たちに話をしているのを聞くと、胸がつまりそうで、夕方はことにもの悲しかった。子どもがおおぜいいると聞いていた時姫の所も、いまはぜんぜんお通いが絶えてしまったという噂《うわさ》なので、ましてどんなに悲しい思いをしていらっしゃるかと、またたよりを書いてみた。九月ごろのことだった。身にしむような文面に歌を添えた。

吹く風につけても問はむささがにの通ひし道は空に絶ゆとも

（風が吹くにつけてもおたずねいたします。たとい蜘蛛《くも》ならぬあの人の通った道はむなしく絶えてしまいましても）

返事も今度はこまごまとあった。

色かはる心と見ればつけて問ふ風ゆゆしくも思ほゆるかな

（風につけて問うてくださるのはありがとうございますが、その風が秋風ではあの浮気《うわき》な人の心のようでこころからうれしくはありません）

などと添えてあった。こうしてぜんぜん訪れないというふうでもなく、ときどきたずねて来たりして冬になってしまった。私はただ毎日を、幼い道綱一人を慰め相手にして、「いかでなほ網代《あじろ》の氷魚《ひを》にこと問はむ何によりてかわれを問はぬと（『拾遺集』）」なぞいう古歌《こか》を、心にもなく口ずさんでいたのであった。

また年が変わって春になった。このごろ読むというので持ち歩いている書物を忘れていき、召使の女を取りによこした。包んでやる紙に、

ふみおきし浦も心も荒れたれば跡をとどめぬ千鳥なりけり
（あなたも荒れた浦に来なくなった千鳥のように、書物まで取りによこして離れてしまう気でいらっしゃるのでしょう）

と書いてやったら、返事は気のきいたふうに、

心荒るとふみかへすとも浜千鳥浦にのみこそ跡はとどめめ
（お前は心が荒れたと言って本を返してくれても、私はお前のところ以外に通う所があろうはずがない……）

と言って来た。また使いの便利があったので、歌を贈った。

浜千鳥跡のとまりをたづぬとて行くへも知らぬうらみをやせむ
（浜千鳥がとまるあし跡をたずねて嘆くように、私はどこまで嘆き暮らすことでしょう）

そして夏になった。

得意絶頂の町の小路の女の所で、子どもを生むころになって、このお気に入りの女をつれて、一つ車に相乗りで、京《みやこ》じゅうを鳴り響かせて、ほんとうに聞きづらいほどの大騒ぎをし、この家の門前をわざわざ通って行くということがありうることだろうか。私はただあっけにとられてものも言えないが、親や召使を初めとして、「まったく胸の痛む仕打ちだ。他に道があるまいことか」などと口々に言い騒ぐのを聞くと、ただ死んでしまいたいと思うが、それもままならぬことなので、もう今後は絶対に会うことだけはやめてしまいたい、ほんとにいやなことだと思っていた。すると三、四日ばかりたって手紙が来た。あきれるばかりで、なんだかきみが悪いと思いつつ見ると、「このごろここに取り込みがあって参上できなかったが、昨日無事に生まれたようなのでそちらへ伺ってもよいのだが、お前の方でお産のけがれをきらうかと思って」と書いてあった。ますますあきれ、こんなことはまたと世にあるとも思えないので、ただ「御文をありがとう」とだけ言ってやった。侍女が使いの者に聞くと「男君です」というのを聞いて、何か胸がふさがるようだ。また三、四日ほどして御自身で平気な顔をして見えた。何が来たのかと見むきもしないので、ひどく間が悪く帰って行ったが、そんなこともたび重なっていった。

七月になって相撲《すまい》の節会《せちえ》のころ、古いのと新しいのと一そろえずつ装束を包んで、「これを仕立ててください」など言ってよこすが、こんなことってあるものだろうか。見ても目がくらくらするのだ。昔気質《かたぎ》の母は、「お気の毒に、あっちでは仕立ててさしあげられないんでしょう」と言い、侍女たちは集まって「あらいやだ、できもしないくせに悪口だけ聞かされるくらいのものだ」など話し合って返してやった。案のごとくあちらではここかしこと分担してするということである。あの人もあまりに薄情だと思ったのだろうか、二十日余りもたずねて来なかった。

その後どんな機会だったか、手紙が来た。「お伺いしたいのだが、どうも遠慮されてね。……はっきり来いと言うのならおそるおそる……」なぞ書いてあった。もう返事はすまいと思うが、みんなが「そりゃ薄情だ、あんまりだ」など言うので、

穂に出でて言はじやさらにおほよそのなびく尾花にまかせても見む

（はっきり言葉に出してはもう言いません。どちらへなびくか成り行きに任せましょう）

すぐに返事があった。

穂に出でば先づなびきなむ花すすきこちてふ風の吹かむまにまに

（はっきり言葉に出していうと、もちろん尾花が東風《こち》になびくように、私はお前になびいているのだ）

使いがあったので、

嵐のみ吹くめる宿に花すすき穂に出でたりとかひやなからむ

（はっきり言っていただいても、あなたの心がそんなに離れていてはなんのかいもありません）

などと適当に言ってやったりしているうち、またみえた。前栽《せんざい》の花がいろいろに咲き乱れているのを見やって、横になりながら、こう言われる。たがいに不満に思い合っていることがあるからだろう。

百草《ももくさ》に乱れて見ゆる花の色はただ白露のおくにやあるらむ
(花々が咲き乱れているように見えるのは、その上にただ露がおかれているだけである。私を恨む心も一時的なものなのだ)

私の方でも返事をした。

身のあきを思ひ乱るる花の上にうちの心は言へばさらなり
(あきられたのを思い悩んでいる私の心の中は、もう言うことばもありませぬ)

と言ってみたが、またいつものように冷たい態度になってしまった。十九日の月がちょうど山の端《は》を出るころ、どこかへ出て行こうとするそぶりである。そんなにしなくても、よかりそうな夜なのにと思うようすが見えたのだろうか、気を引くように、「とまらなければならないことがあれば……」などと言うが、私はそれほどに思ってもいない。

いかがせむ山の端にだにとどまらで心も空に出でむ月をば
(山の端に止まらないでどんどん出て行く月のようなあなたを、どうしてとめられましょうか)

という歌を示すと、すぐに返した。

ひさかたの空に心の出づと言へば影はそこにもとまるべきかな
(空の月ならば水底に影が映るが、お前がとまれと望むなら私は泊まるはずではないか)

なんだかぐずついているようで、けっきょくその夜泊まっていった。

二百十日のころ台風めいた風が吹いて、二日ばかりの後、またやって来た。「先日の暴風はどうだったとくらいは、たいていの人なら尋ねるでしょうに」と言ってやると、もっともだと思ったのか、しかし平気な顔つきで、

言《こと》の葉は散りもやすると留《とど》めおきて今日はみからも問ふにやはあらぬ
(言葉では風に飛ばされてしまうので、今日は自分でやって来たんではないか、それな

のに）

と言うから、私の方では、

散り来ても問ひぞしてまし言の葉を東風《こち》はさばかり吹きし便りに

（あんなに東風が吹いたのに託して、たとい散ってもこちらへ何かたずねてほしかった）

また向こうで、

東風と言へばおほぞふなりし風にいかでつけては問はむあたら名だてに

（東風というような世間なみの風には任せられない。ただへんな評判がたつばかりだから）

負けぬ気になって、私から、

散らさじと惜しみ置きける言の葉をきながらだにぞ今朝は問はまし

（散らすまいと惜しんでおいたお言葉なら、今朝来られたんだから、さあ早く言ってください）

これにはあの方も、そう言われるのもしかたがないと、納得がいったことだろうか。

十月ごろ、

「それはとてもたいせつな用があるんだ」

などと言って、私の所から出て行こうとして、あいにく時雨《しぐれ》なぞという程度じゃない雨が降りしぶいている。それでも出て行こうとするので、あきれてしまってこんな言葉がつい口から出た。

　ことわりのをりとは見れど小夜《さよ》ふけてかくや時雨の降りは出づべき

（今は時雨の季節なので降るのはあたりまえですが、夜深くこんなに降っているんですから、どうぞ出て行かないでください）

と言っているのに、だれだってむりに出て行く人があるだろうか。

このように日がたっていくうちに、年も変わり、けっこうずくめに扱われていたあの町の小路の女の所では、子を生んでから、いや気がさされてしまったようなので、いじの悪い考えから、生き長らえさして私が悩んでいるように反対に苦しませてやりたいと思っていたのだが、そんな結果になってきて、はては大騒ぎをして生んだ子どもも死んでしまったのであった。この女は孫《そん》王の下賤《げせん》な女に生ませた御子《みこ》の落胤《おとしだね》で、話にならない悪い素姓《すじょう》なのだ。ただこの節《せつ》の事情を知らぬ人がちやほやしたので、こんなに羽振りがよかったのだが、急に見捨てられてしまったので、どんな気もちでいるのだろうか。私の悩みよりももっとよけいに悩んでいるだろうと思うと、今こそ胸のつかえもおりるようであった。あの人は時姫のいる本邸へ引き払っているなどという噂だったが、ここへは今までどおりの間隔をおいて通って来るようなので、私としてはともすれば不満に思うことが多かった。ここではしかし幼い道綱がもう片言をいうほどになっていて、あの方が出て行くとき口癖のように、「またそのうち来る」という言葉を聞き覚えてまねをして歩く。こんなことでまたぐっすり眠る夜もなく嘆かれるが、賢がっておせっかいをする人が、

「若い身空でどうしてこんなふうで」

ほかにもっとしっかりした男を捜せばよいのにと、言うようなこともあるが、あの

人はなんだか平気な顔で、「いったい私のどこが悪いんだ」なぞと、隠すところもなく罪もないようにふるまっているものだから、どうしようもなく、種々思い惑うことばかり多かった。なんとか自分の気もちをこまごまと言い知らせる方法はないかしらと考えあぐんでいたけれど、あじけないことだった。けっきょくあの人の前で胸が騒いでものも言えないでばかり過ごしている。それでもやっぱりこの気もちを書きつづけて、あの方に読んでもらおうと思い、長歌を作ってみた。

——昔も今も、私の心は安らぐこともできず、このまま果ててしまうのでしょうか。初めてお会いした年の秋は、やさしいお言葉もすぐに色あせていくのではないかしらと、もう心細く嘆いておりました。冬には遠い陸奥《みちのく》へ別れて行く父を惜しんで、おりからの初時雨《はつしぐれ》にぐっしょり袖をぬらして嘆きましたが、あなたには、どうぞ娘を見捨ててくださるなと言い残したとか聞きましたので、まさかと思う暇もなく、急に仲がうとくなって、邪魔な白雲ばかりが間に立ちふたがり、途方にくれているうちに、すっかりたよりも絶えてしまいました。秋になって雁《かりがね》がまた故郷に立ち帰るとき、あなたも帰って来てくださるかと思いつつ、日を送っていたけれど、そのかいもはやございません。こんな私は蟬《せみ》のからのようなむなしい身で、あなたの薄情なことは今に始まったことではなく、早くからあさましい御心に泣かされてばかり過ごしてきたのですけれど、なんの宿世《すぐせ》のとがでしょうか、思いきって別れもできず、このつらい世に漂って、みなわのように消えられたらと思うのですが、悲しいことに陸奥の父が帰って来るときさえ待てないではと、この世を捨てることもできません。会い見さえすればと思いつつ、嘆くわが身も考え直せば、もっとちがった生き方ができる境遇ですのに、どうしてこうふがいないかと思うのですが、離れてしまっては、やはりさすがに恋しく思うことでしょうか。たがいに慣れ親しんでいたことを思うと、世を離れて尼となっても、私はかいなく昔をしのんで泣きつづけることでしょうよ。ああ思いこう思いして積もった枕《まくら》の塵《ちり》どもも、ひとり寝の夜々の数にはくらべようもなく、私はやっぱり別れることができそうもございません。ほんの一時の旅の別れと考えているのですが、野分《のわき》の後のあの日にいらして、お帰りのとき気安めのように、「そのうちまた来る」と言われた言葉を、ほんとにそうかと待っている幼児《おさなご》が、いつもまねしているのを聞くと、きまりが悪いほど涙が出ます。わが身はもはやあきられてしまって、来てくださるはずもないから、何を言うかいもないとは知りながら、命ある限りとたよらせていらっしゃった、そのお言葉の本意が知りたく、もし立ち寄ってくださるなら、お尋ねしたいと思っています。

と書いて、書棚《しょだな》に使っている二階厨子《ずし》の中に置いた。その日、いつもの時刻に訪れたが、そちらに出て行かないでいると、居づらくなったのか、この文《ふみ》だけを取って帰ってしまった。まもなくあちらからも長歌が来た。

——折りそめたときの紅葉が、間もなく色あせていくことは、世のつねの習わしであろう。そんなふうに仲の遠のく人もあろうし、お前はそれを嘆いているらしいが、父君が旅立つ前に特別の言葉を残されたせいもあってか、お前に対する私の愛情は、初霜に会った紅葉がいっそうあざやかになるように、深くなっていくばかりなのだ。愛がなくなるどころではなく、いつ来るかと待っている幼児を、行って見ようとしばしば立ち寄る私だが、どうしたのかお前はいつもきげんが悪く、離れるつもりはないけれど、私の訪問を避けさすように周囲の人が隔てるから、身の置き所なく困り果てて、慣れた宿もないままに、やはりもとの住居に戻るのがつねであった。それでもときたまたずねてみても、相手にされぬひとり寝で、夜中に目ざめれば槙《まき》の戸に、月かげがくまなくさしているだけで、お前は影さえみせないので、とうとういくぶんうとむことにもなったのであろう。だれが隠し女と夜を明かしたりするだろうか。どっちの人がたいせつかなどというのはそれこそ罪だ。そんなに言うならもう会わないで、だれか他人の世話にでもなるがいい。私の身も岩木でないから、お前の考えを止めはしないが、むつまじい間がこう幾重にも隔たって、涙にぬれるほどでも、以前の二人の仲を思い出しさえすれば、その涙もかわくことだろう。どんなにつとめても、一度すさんだ人の心をどうして元へつなぎ止めることができよう、私を親だと知っている母親育ちの幼児《おさなご》が、恋い慕って泣いているかと思うと、ほんとうにかわいそうに思えてくる。

また使いのたよりがあったので、こう言ってやる。

なづくべき人も放てば陸奥《みちのく》の馬や限りにあらむとすらむ
(慣れ親しんできたあなたもお捨てになってしまったから、私はもうこれきりになってしまうでしょう)

どう思ったのだろうか、返事が来た。

われがなを尾駁《をぶち》の駒《こま》の荒ればこそなづくにつかぬ身とも知られめ
(私が尾駁の駒のように荒れるならとにかく、そうではないのだから、なずけようとすればなずくはずだとさとってほしいのに)

私の方から重ねて、

こまうげになりまさりつつなづけぬをこなは絶えずぞ頼み来にける
(来にくそうにだんだんなっていきますほどですけれど、子どもはいつもあなたをたよりにしているのです)

また返事が来た。

白河の関のせけばやこまうくてあまたの日をば引き渡りつる
(白河の関がじゃまをしているのか、もはや来にくくて長い日数がたってしまった)

「明後日ころに会いたいけれど」と言って来た。ちょうど時は七月五日のことである。長い物忌《ものいみ》にこもっていたころにこう言って来たものだから、返事に、

天《あま》のがは七日を契《ちぎ》る心あらば星逢ひばかりの影を見よとや

（七日に会おうと約束せられるところからお察しすると、まるで天の川の星会いのように、一年にわずか一日ぐらいだけ会ってやろうとおっしゃるんでしょう）

もっともと思ったのだろうか、少し私のことに心を止めたふうで、幾月かが過ぎた。

目ざわりだと思っていた町の小路の女の所では、このごろあらゆるてだてを尽くして騒いでいるという噂《うわさ》を聞いたが、私はほっとしている。昔からの関係の時姫のことだけはどうしようもなく、それは私にとってある時は堪えがたい思いをそそるけれど、前の世からの宿縁なのだろうと、心をくだきながらも過ごしている。その年の正月、あの方は少納言の年限も過ぎて四位《しい》になったので、殿上も降り、五月には兵部大輔《ひょうぶたいふ》なぞという気に食わない役目に任官された。内心不満で世の中がいやになったように引きこもり、ここかしこ通う以外は外出もしないから、たいへん暇があるのか、私の所で二、三日過ごしたりされた。

するとある日、気の進まない役所の長官兵部卿《ひょうぶきょう》の宮（章明親王）から、こんなふうに言って来られた。

乱れ糸の司《つかさ》一つになりてしも来ることのなど絶えにたるらむ
(君と同官になったのに、なぜ来ることが絶えてしまったのだろう)

夫の返事、

絶ゆと言へばいとぞ悲しき君により同じ司《つかさ》に来るかひもなく
(絶えたとおっしゃるのはたいへん悲しい。あなたのおかげで同じ司になったかいもなく)

また折り返し宮の方から、

夏引《なつひき》のいとことわりや二《ふた》め三《み》めよりありくまにほどのふるかも
(二人も三人もの奥さんの所を寄り歩く間に時間がたって、出仕《しゅっし》できないのも、ことわりのようだ)

少してれたのか、夫から、

七《なな》ばかりありもこそあれ夏引のいとまやはなき一め二めに

(一人や二人で暇がないというのではない、かぞえれば七人ばかりあるのですよ)

また宮から、

君とわれなほ白糸《しらいと》のいかにして憂きふしなくて絶えむとぞ思ふ

(私と君とはやはり白糸のようにさっぱりした関係で、いざこざなく別れてしまいたいと思うが)

「二人三人と君の女を限ったのは、少なすぎて失礼だった。物忌《ものいみ》があるのでこれでよします」と言って来られた。夫の返事に、

世をふとも契り置きてし中よりはいとどゆゆしきことも見ゆらむ

(男女の中からは長い間にはいやなことも起こりましょうが、あなたと私の間からはけ

っしてそんなこともなくご交際できるでしょう）

と申しあげた。

そのころ、五月廿余日《はつかあまり》から四十五日の物忌に方違《かたたが》えをしようと、地方勤めから帰っている父の賀茂《かも》川の別邸へ移ったところ、兵部卿の宮はただ垣根《かきね》を一つへだてた所に来ていらっしゃった。六月にかけて雨がひどく降ったので、だれもが憂鬱《ゆううつ》に引きこもっていたのであった。こちらはみすぼらしい家なので、雨漏りがするような騒ぎをしていると、こうおっしゃって来られたが、いっそう物狂おしい気分だった。

つれづれのながめのうちに注ぐらむことの筋こそをかしかりけれ

（お二人で退屈していられるところに、雨漏りがするなんて、なんだか趣があるようですね）

私からの御返事、

いづこにもながめの注ぐころなれば世にふる人はのどけからじを

（どこもかしこも長雨で、みな物思いも多いころですのに、のんきでいらっしゃいますこと）

「のんきだと言われれば、そんなところもありますね」

と宮は言われ、

天《あめ》の下さわぐ心も大水《おほみづ》にたれも恋路《こひぢ》に濡れざらめやは

（この長雨に大騒ぎをしている人は多いが、それは大水の泥《こいじ》にぬれるように、恋に皆が袖《そで》をぬらしているのですよ）

というお歌だった。私の御返事は、

世とともにかつ見る人の恋路をも乾《ほ》す夜あらじと思ひこそやれ

（常にお会いしていらっしゃるあなた様の恋路にしましても、この長雨では涙をかわかす夜はありますまい）

また宮から、

しかもゐぬ君ぞ濡るらむ常にすむところにはまだ恋路だになし

(まれにしか会わぬあなたの方は涙にぬれることもあろうが、いつもたった一人の妻と暮らしている私の方には、恋路というものさえありません)

「ほんとにおむつまじいごようすだ」など夫と二人で言いながら拝見した。

雨の合い間に、夫が例の時姫の所へ通って行った日、宮の方からもいつものお手紙が来た。夫は不在だと言ったけれど、「それでも」と言っておきにならないので、持って来たのを見ると、

常夏《とこなつ》に恋しきことやなぐさみむと君が垣《かき》ほにをると知らずや

(長い間にあなたを恋しく思う心を慰めようと、あなたの垣根に咲く撫子《なでしこ》を折るのだと覚えてください)

「そんなことを言っても、もうかいがないことなので帰ります」と書いてあった。

それから二日ばかりたって夫が来たので、「こんな御文がまいっております」と見

せたが、夫はなぜか「もう時がたってしまったから返事をするのもちょっと困るが」と言い、ただ、
「このごろはおたよりもいただきませんが」
と申しあげた。するとすぐに宮から返事が来た。

水まさり浦も渚《なぎさ》のころなれば千鳥の跡をふみはまどふか

（増水して浦もなくなったころなので、千鳥の跡も迷ってしまうのでしょう。こちらからの手紙は所もわからずになったと見えます）

「そんな感じがするんですが、お恨みになるのはつらいですね。『みずから訪問する』とお手紙にあるのはほんとですか」と女のようにわざわざ平仮名でお書きになった。男の手では苦しいのに。
夫から返事をさしあげた。

浦がくれ見ること難き跡ならば潮干《しほひ》をまたむからきわざかな

（秘密のお手紙なら、待たなければならないでしょう。しかし待つのはつらいことの一

つです）

また宮から、

浦もなくふみやる跡をわたつうみの潮のひるまもなににかはせむ

（べつに下心なくお手紙をさしあげるんですから、そんなに大げさに考えないでいただきたい）

「へんなふうに意味が取られたものですね」と書いて来られた。

こうしているうちに六月祓《みなつきはら》いの時も過ぎ、七夕《たなばた》も明日というころになった。物忌も四十日ばかりになってしまったが、日ごろなんとなく気分がすぐれず、咳《せき》もひどく出るので、物《もの》の怪《け》に取りつかれたのだろうか、加持祈禱《かじきとう》でもしてみようかと考えてみた。今いる所は狭くもあるしひどく暑いころだからと、いつもこもりに行く鳴滝《なるたき》の山寺へ登って行った。そして十五、六日になると、もう盆などするころになってしまった。そこらあたりの人々は、へんなふうに荷物をになったり頭にのっけたりして、めいめい忙しそうに往来しているのを見ると、夫と二人でいっしょに笑ったりおもしろがったりした。そして気分もだんだん快くなって、物忌も過ぎてしまったから、京に出て、秋冬はとりとめもなく過ぎていった。

年が改まったけれど、なんの変わったこともない。あの人の心が穏やかなときは、すべてがのんびりとしている。この月初めから夫はまた殿上《てんじょう》を許されていた。そして四月十三日の賀茂の斎院《さいいん》の禊《みそぎ》の日、例の宮から「見物に行かれるなら同乗させてください」と言って来られた。御文の端に、

わが年の……云々(原文欠)

とあって、いつものお邸《やしき》にいらっしゃらないようすだった。通い所の町の小路にいられるのかしらと思って参上したところ、案のじょう「いらっしゃいます」と言うのだった。まず硯《すずり》を借りて、夫がこう書いてさし入れた。

君がこの町の南にとみにおそき春には今ぞたづねまゐれる

(あなたのいるこの町の南に、おそいけれども回って来た春をたずねて参上いたしました)

と言って、宮とお二人で出かけて行かれた。

祭りがすんだころ、宮は例の賀茂川堤の邸にお帰りになった。去年見たのだがお邸の庭の薄《すすき》の花がむらむらとしげって、細くきれいに見えたのがとてもよかったので、「これを根分けなさるとき少しいただけませんか」とお願いしておいたのだが、今度六月の祓《はら》えに夫と河原へ出かけたとき、「これがあのお邸ですね」などと言って二人でなつかしくながめたが、従者をやって案内を申し入れた。

「『参上したいとぞんじますが、あいにく連れがありますので。先日お願いいたしました薄のことを申しあげてください』とおそば仕えの人におっしゃい」と言いすてて、通り過ぎた。簡単な祓えなので、まもなく終わり、帰宅したら、「宮から薄が届きました」という。見ると、長櫃《ながびつ》に、きれいに掘った根を紙につつみ、青い色紙《しきし》に書いた歌が結びつけてあった。

穂に出でば道行く人もまねくべき宿の薄を掘るがわりなき

（秋になって穂を抜くと、道行く人を招くであろううちの薄を掘り分けるのはつらいような気はしますが）

たいへんおもしろかった。この返事を、私はどういうふうにしたのだったか。忘れるほどだから、書かないでもいいかしら。しかし以前にも、どんな返事をしたかとちょっと気がかりである。

翌年、春も事なく過ぎて夏になるころ、あの人はなぜか宮中で宿直《とのい》がちになるように思われて、朝早くから終日いて夕方になると参内《さんだい》するのが、少しへんだと思ったりしていると、おりからひぐらしの初声が、ものあわれにおりてきた。

あやしくも夜の行くへを知らぬかな今日ひぐらしの声は聞けども
（ふしぎに夜というものの行くえがわかりません、ひぐらしじゃないが昼だけはいてくださいますが）

などと言うと、やっぱり出にくくなったのであろう。こんなふうでべつに取り立てて言うほどではないが、あの人の気もちをいつか怠りなく見定めようとしている私であった。月夜のころ、とりとめない話をして、しんみりと向かい合うにつけても、近いさきの日のことが思い出されて苦しいから、こんな歌が口から出た。

曇り夜の月とわが身の行く末とおぼつかなさはいづれまされり
（曇った夜の月と私のゆくすえと、どちらがいっそうたよりないものでしょうか）

しかし返事は冗談のようにしてしまった。

おしはかる月は西へぞ行くさきはわれのみこそは知るべかりけれ
（月は西にかたむくことは決まっている。お前の将来は私だけが知っているはずである）

そんな答えはたのもしそうに見えるけれど、この人が自分の家だと思ってくつろいでいるところは、もっと他にもあるようなので、考えてみれば意外なほど二人の間は疎遠だったのだ。長年会っているのに子どもも多くは生まれないし、しあわせな人と言われるほどの資格はなく、はかなく物思いばかり多い日ごろであった。

そうはいっても、母親の生きている間は、どうにか過ごしてきたが、――この年の秋の初め、深草《ふかくさ》の山寺で、長い間わずらいつづけた後、母は亡《な》くなってしまった。私としては世間の人が思いもよらぬほど、いたたまらないくらいわびしく思われた。肉親の多い中でも、私は母にだけは死に遅れてはならないとくり返しくり返し思い悩んでいると、どうしたのか、手足が急にひきつれてきて、息も絶えそうになってしまった。けれども、何かを言い残しておきたい相手は京にいることだし、山寺でこんな目にあったので、わずかに、まだ幼い子どもをそばへ引き寄せて言った。

「私ははかなくもう死んでしまいます。お父様に、『私のことはどうなろうとおかまいくださいませんように。亡くなった母の弔《とむら》いだけは、皆がするよりもいっそうよく弔ってあげてください』と、よくお伝えするのです」

しかし、そのあと、

「わたくし終わりかもしれません」

と言ったきり、ものも言えなくなってしまった。長い月と日を病んで亡くなった母のことは、もうしかたのないこととして、人々はみな私の方にかかりきって、たいへんだ、どうしたらよいか、など口々に悲しんだうえにも悲しみで騒ぎが深くなるようであった。口はきけないけれどまだ意識はある。目もどうにか見えているが、気の毒な父が私のそばへ寄って来て、

「親は一人じゃあない。どうしてこんなに」

と言いながら、薬湯をむりに含ませてくれると、飲んだりしているうちに硬直がなお

ってきた。そして死んだ母が幾日かわずらっていた間、あまりものなども言わず、ただこうしてはかなく日を送っていることを夜昼嘆き、「どうなさるつもりだろう」としばらく苦しい息の下にいられたのを思うと、やっぱり同じ嘆きをしている自分は、生きているのがつまらなく思いつづけられた。

あの人も話を聞いてかけつけて来たが、私は夢中でなんにも知るはずがなかった。代理の人が会って一伍《いちぶ》一什《しじゅう》を話すと、泣いて死んだけがれもいとわないふうであった。「それはかえってよくないから」などと他の人が止めたので、死穢《しえ》を避けるため立ったまま見舞って帰った。そのときのありさまは、やっぱり身にしむようで、愛情もひとしお深く見えるようすであった。とやかく世話をしてくれる人も多く、お葬式のことも済んでしまった。さびしい山寺に皆が集まって、ぼんやりと時を過ごしているが、眠れないままに、一夜を明かすことも多かった。そんな朝山のあたりをながめると、霧が麓《ふもと》をかくしている。京に帰ってもだれのところへ身を寄せたらいいのだろうか。いっそこんな山寺で死んでしまったほうがいいと思うが、ふとあとに残る子どものことなぞを思い返し、さてまた生きていくということもつらかった。

十余日《とおかあまり》たった。僧たちが念仏の合い間に話しているのを聞くと、

「この死んだ人が目の前に見えるところがある。さて近づけば消えてしまう。遠く

からだけ見えるんだが」
「どこの国だったかな」
「みみらくの島とか言うんだ」
など口々に語るので、悲しいほどその島のことが知りたくなり、こんな歌を口ずさんでみた。

ありとだによそにても見む名にし負はば我に聞かせよみみらくの島
(せめてよそながらでも会いたいから、有名なみみらくの島を私に教えてください)

それを兄(理能《まさとう》)が聞いて、悲しんで、

いづことか音にのみ聞くみみらくの島がくれにし人をたづねむ
(噂にだけ聞いているみみらくの島。その島へ亡《な》き人をたずねて行ってみたら、どういう悲しみにあえるであろうか)

この間じゅう、夫の方では見舞いに来ても、立ったままでいなければならないのをもどかしく思うらしく、人に容態をきいたりしている。私は今ではなんにも考えていないようなうつけた状態だったが、喪中の気がかりなこと、たよりなさ、などをあの人はうるさいほど書きつけて来るが、すべてそれも心にとめているやら、いないやら、わからないふうでいたものだから、よく記憶にも残っていない。

京の実家へ急ぐ心もないが、かってなこともできないので、今日は皆いよいよ出発という日になった。この山寺へ来たときは、私の膝《ひざ》にうつ伏していらっしゃった母を、なんとか苦しくないようにと、自分は汗みずくになっていたわった。今度は楽々とゆっくり車に乗れたにつけて、道中ふいに悲しさがこみ上げてきた。家に着いて車を降り立ってみても物も覚えないほど悲しいのだ。いっしょに縁側近く出て手入れをさせた庭の草など、病気の初めからうち捨ててあったから、今はおい茂りさまざまに咲き乱れている。特別の供養《くよう》なぞも皆がめいめいに営んでくれるから、私はただぼんやりとそんな庭をながめ暮らし、「君が植ゑし一むらすすき虫の音《ね》の繁《しげ》き野辺《のべ》ともなりにけるかな（『古今集《こきんしゅう》』）」など悲しい歌を思い出し口ずさんでいた。

手触れねど花は盛りになりにけりとどめ置きける露にかかりて
（手入れもしないのに花は盛りになってしまった。亡《な》き人の残した露を受けて）

そんな覚えを歌に詠《よ》んだ。

だれもかれも宮中に参内《さんだい》せず、服喪もみないっしょにしているようで、めいめい身のまわりを屏風《びょうぶ》・几帳《きちょう》などで囲って引きこもっているなかに、私だけは気の紛らしようもなく、夜は念仏の声を聞き始めると、そのままずっと泣き明かしてしまう。四十九日の法事はだれも欠けることなく家で行なった。夫がたいていの事をしてくれたようなので、おおぜいの人が集まった。私は前々からこころざしていた仏の絵を描かせた。その日が過ぎてしまうと、皆それぞれ分かれ分かれに帰って行った。私の気もちはましてだんだん心細くなり、いたわりようもなくなったが、あの人は、この心細そうにしている私のもとに、前よりもずっとたびたび通ってくれていた。なんにもすることがないものだから、寺へ行ったときあっちこっち取り散らかした品物を整理していると、母が日常使っていた道具、書き残した文《ふみ》などが出てきて、息もつまりそうな気分であった。もう病気が重《おも》っていよいよ受戒をせられた日、ある坊さんの袈裟《けさ》をからだの上からかけたのだが、そのまま死んでしまった。今になってその袈裟が、物にまぎれこんでいるのを見つけ出した。これは持ち主に返そうと、暁《あかつき》早く起き出して「この袈裟」と書いただけで、もう涙にくれてしまう。

「この袈裟のために、
蓮葉《はちすば》の玉となるらむむすぶにも裾濡れまさる今朝の露かな
(亡き人はあの世で蓮の玉となっているのであろう。これをお返ししようと結んでいるといっそう悲しみがあらたになる……)」

と書いて持たせてやった。またこの袈裟の持ち主の兄君も法師なので、祈禱《きとう》などしてもらったりして頼もしかったが、急にまた死んだという噂を聞いたので、この弟御《おとうとご》のお気もちはどんなだろうと、私までたいへん身につまされた。たよりにしていた人ばかりが死んでいくのは、どうしたことかなど思いみだれ、しばしば慰問の文《ふみ》を書いた。この亡くなった人は相当な僧職にいて雲林院《うりんいん》に勤めていたのである。四十九日も過ぎたころ、こう書いてやった。

思ひきや雲の林をうち捨てて空の煙に立たむものとは
(あの方が雲の林を捨てて煙となって空に上ろうとは思いもよらないことでございました)

自分の気もちがわびしいので、まるでこの魂が野にも山にも、まよい出て行くような思いであった。

はかないままに秋冬も過ぎた。同じ邸内に兄一人と、叔母《おば》とが住んでいた。それを親のように思ってはいるが、やはり昔のことばかり恋しく明かしていると、すぐ年も暮れ、やがて春となり、夏も過ぎていった。母の一周忌の仏事となり、今度だけはあの山寺ですることになった。当時のことを思い出すと、いろいろいっそうしめやかに悲しく思うのである。導師が初めに、

「単に秋の山辺をたずねられたのではない。目を閉じられたところで、お経の意味をお解きになろうとするのである」

と言い出されるのを聞いただけで、悲しさで意識を失い、あとのことはわからなくなってしまった。が、法事のこと万端終わって京へ帰り、すぐに喪服をぬいで鈍《にび》色のものは扇にいたるまで祓《はら》えをした。

藤衣《ふぢごろも》ながす涙の川水は岸にもまさるものにぞありける

（なみだながらに喪服を流しやると、川水もなみだぐんできそうである）

それほどひどく泣けてきたが、他人には何も言わないでしまった。その日も過ぎて所在ないまま、久しぶりに琴の塵《ちり》を払ったりして、弾くとはなしにかき鳴らしていると、もう忌日《きにち》も過ぎたのだが、たといわが身はちからない境遇であるにしても、母さえ生きていてくれたらなどと思いつづけられる。ふと向こうの部屋にいる叔母から、

今はとてひき出づる琴の音《ね》を聞けばうち返してもなほぞ悲しき
（忌日も過ぎて、琴を弾いていらっしゃるのを聞くといっそう悲しくなります）

と言って来た。格別すぐれた歌でもないのに、心の弱っている私はいっそう身につまされて、

なき人は訪れもせで琴の緒を断ちし月日ぞ返り来にける
（なくなった人はもう訪れては来ない、琴の緒――生命――を断った月日は回ってきましたが）

肉親の多い中でも、すっかりたよりにしていた姉が、この夏から夫とともに遠国へ赴《おもむ》かなくてはならなくなり、一周忌が果てててと定めていたが、このころになってようやく出発することになった。このことを思うともう心細いぐらいではすまされない。いよいよ出発という日になって、行って会った。装束一そろいに、こまごました物を入れた硯箱を一つ贈った。姉の家は騒がしくごった返していたが、そんな中で私も立って行く人も胸がいっぱいで、目を見合わすことさえできず、ただ向かい合って涙を止めかねていた。皆が、「どうしてそのようになさる、不吉だからがまんしなさい」などと言う。こんなことでは車に乗るのを見るのはつらいだろうと思っていると、私の家の方から従者が、「早く帰って来なさい。ここに来ている」という夫の伝言を持って来た。急いで車を寄せさせて乗るときに、行く姉は二藍《ふたあい》色の小袿《こうちぎ》、止まる私は赤《あか》朽葉《くちば》色の薄物《うすもの》を着ていたのを脱ぎかえて別れた。九月十余日《とおかあまり》のことであった。家へ帰っても、「どうしてそんなに不吉に」と夫にとがめられるほど泣かれてきた。

さて昨日今日は逢坂《おうさか》山あたりまで行ったかしら、などとおもいめぐらしたりして、月の明るい庭をながめていると、向こうの叔母の方でもまだ起きていて、しばらく琴なぞを弾いていたが、こんな歌を贈ってよこした。

引きとむるものとはなしに逢坂の関のくちめの音《ね》にぞそぼつる

（逢坂の関も朽《く》ちてしまってあの人たちを止めるものではなく、私はただ朽目《くちめ》の音に泣かされています）

考えればこの叔母も、私と同じく嘆きをくり返しているひとであった。

思ひやる逢坂山の関の音は聞くにも袖《そで》ぞくちめづきぬる

（あなたが琴を弾いて思いやっているのを聞くと、私も袖がしらがぬれてきます）

私はそんなことを思いながら、歌を返した。

間もなく年も改まった。

三月ごろ、この家に来ている間に、あの人は急に苦しがり始めた。ひどい苦悶《くもん》で、どうしたらよかろう、たいへんだと、私はただおろおろして見ているだけであった。

そして私に向かって、

「ここにいたいのはやまやまだが、何をするにも不便だから、あちらへ帰ろう。無情だと思ってくれるな。急にあとどれほども生きられない感じがして困ってしまった。……死んでもきっと思い出してもらえないような気がして悲しいのだ」と言われたので、私もまた頭がぼうとするくらい泣き出してしまった。

「泣くな、泣くな、いっそう苦しくなってくる」

とあの人は言い、

「とてもつらくてならないのは、思いがけなくこんな別れをすることだ。もしものことがあれば、お前はどうして暮らすつもりでいるだろう。よもやひとりで過ごすわけにもゆかないだろうに。しかし、それはいいが、私の喪中にだけは再婚してくれるな。……万一死ななくても、もうこれが最後だと思うんだ。回復してもこちらへ来るほどたっしゃにはなれそうにない。自分がちゃんとしていてこそ、どうにかお前もやっていけようと思うが、こうして死ねば、これが最後になってしまうのだ」

など臥《ふ》しながら、かきくどき悲しむのだった。それから邸内のだれかれを呼び寄せて、

「この人をどんなに愛しているか、わかるか。こうして死ねば、もう会えなくなってしまうんだ」と言うと皆もろともに悲しんだ。私はもちろんものも言えなくなって、ただ声をあげた。そのうちにますます病状が重くなって、車を寄せて乗ろうとして、人にかき起こされ、助けられてやっと乗った。こちらを見て、つくづくと顔を見

つめて、思い屈したふうだった。私はいうまでもなかった。そばにいた兄が、「どうして縁起の悪いことばかりおっしゃるんです。……いっこうなんでもないじゃありませんか。さあ早く参りましょう」と言って、すぐにかかえるように車に乗りこんでいった。とても不安だったので、一日に二度三度と文《ふみ》をやった。本邸では憎らしいと思う人もあろうがしかたがない。返事はあちらの年長《としかさ》の侍女に書かせてあった。「御自分で書けないのがつらいとばかりおっしゃっています」などと伝言がある。前よりいっそうひどくなったということなので、言ったとおり自分で看病もできないのを、どうしようなど思い嘆きつつ、十余日《とおかあまり》にもなってしまった。読経《どきょうず》修法《ほう》などの祈禱をして、少し快方に向かったようで、ある夕方自分で返事をくれた。

「ふしぎに病気が長びいて日を送っているが、今日はそんなに苦しくもないためか、お前の事が気にかかります」など人目を忍んで細かく書いたらしかった。

「気分もしっかりしたので、大っぴらにではいけないが、夜の間においでではないか。こうしてばかり日がたったので」などと書いてあるが、そのうえ折り返し同じことを言ってくるので、しかたなく、「車をよこしてください」と言ってやると、すぐに迎えが来た。

さし離れた廊《わたどの》の所にちゃんと準備をして、あの人は端に伏して待っていた。火をともしていたが、消させて車を降りたので、たいそう暗くて入り口もわからなかった。

「へんだね、ここにいる」

と言って手を取って導いてくれた。

「どうしてこう長い間会えなかったんだろう」

と日ごろの暮らしをいちいち話して、しばらくすると、

「灯火をつけよ、まっ暗だ。……ちっとも気がねはいらない」

と言って、屛風の背後《うしろ》にほんのりと灯をともした。

「まだ魚なぞも食べないのだが、今夜いらしたらいっしょにと思って取ってあった、どこに置いたの」などと言うので、お食事をさしあげた。少し食べたりしていたが、坊さんたちが来ていたので、夜がふけてから、「御祈禱に」と言って来たので、「もう休んでください。今日は日ごろより少し気分がよろしい」と夫が言うと、僧侶は立ち去った。

　夜が明けてから、人を呼んでほしいと私が頼むと、「まだ暗いではないか。しばらく」なぞとぐずぐずしていた。明るくなってから召使を呼んで、蔀《しとみ》をあげさせて見た。「ごらん、……お前の所では草なぞどんなふうに植えたかしら」と言ってながめたりしているが、

「たいへんみっともない時間になってしまいましたが」

気が気でなく私は急ぐのだったが、

「なに、かまわない、ご飯でも食べてから」

など言われるうちに昼になった。すると、あの人はどう思ったのか、

「さあいっしょにお前の家へ帰ろう、皆が待っているといけないから」

などいうものだから、私はまごつき、

「こうして参上しただけでも人がどう思うかと心配ですのに、あなたをお迎えに来たのだと見られたら、どんなにいやなことに思われるでしょう」

と言うと、やっと納得したのか、

「そんなら男たち車を寄せよ」というのだった。車が来たので、私が乗るところへも、あの人はやっとのことで歩き出して来た。それを見るのも、気のいたわりがあった。

「いつでしょう、お出かけは」

と言って慰めてみたが、涙がにじんだ。

「ちょっと心配だから、明日か、明後日、行こうかな」

とひどく寂しそうなようすだった。

少し車を引き出して牛をかける間に見透すと、もとの部屋に帰ってこちらを遠くからながめながら、ぽつねんとして立っているのだ。それを見ながら車を引き出すと、思わず私は何度もふり返っているのであった。

その昼ごろ、文が届いた。何くれと書いて、

限りかと思ひつつ来《こ》しほどよりもなかなかなるはわびしかりけり

(最後かと思って別れて来たときとくらべて、再会できたのがかえって心が苦しい)

返事に、

「まだたいそうお苦しそうに見えましたので、今もひじょうに気がかりです。かえって、

われもさぞのどけき床のうらならで帰る波路はあやしかりけり

(私ものんびりと床の中でお話しすることができずに帰って来て、道すがら涙催《もよお》してしようとてもありませんでした)」

と書いた。やはり苦しそうだったが、がまんして二、三日のうちに見えた。そしてだんだん普通のからだに回復していくと、いつものような間隔で通って来られた。
四月のころ、賀茂《かも》の祭りを見に出かけたが、思いがけなく時姫の方でも来て、祭りの中にいるのであった。それらしいと見たので、その前に自分の車を止めた。行列を待つ間の所在なさに、橘《たちばな》の実があったのに葵《あおい》をかけて、

葵とか聞けどもよそに橘の
(葵祭りにあやかって、今日はあなたに会える日だと申しますのに、こんなに外に立ったままで、お目にかかれずにいた)

と言ってやると、ややしばらくたって、

君がつらさを今日こそは見れ
(向こうに立ったまま会いに来てくださらないので、今日こそあなたを薄情《うすなさけ》な人だと思いました)

と返事が来た。「年来仇《かたき》どうしで憎々しく思っているはずなのに、どうしてこう穏やかな言い方をしたんだろう」とふしぎがる人もあった。帰宅してこんなことを夫に話すと、

「食いつぶしてしまいたいとは言わなかったかね」と上きげんで笑うのであった。

今年は宮中で端午《たんご》の節会《せちえ》が催されるというので、大評判だった。なんとかして拝観したいのだが場所がなかった。「見たいのなら」とあの人が思わせぶりを言うのを耳にはさんで、それでは賭《か》けに双六《すごろく》を打ちましょうということになった。「よかろう、見物を賭けてね」とあの人も乗り気だったが、私が勝ち目を打った。喜んでその用意を整えながら、宵《よい》の間の静かになったとき、硯を取り出して手習いのように、

あやめ草生《お》ひにし数を数へつつ引くや五月《さつき》のせちに待たるる
（あやめのはえた数を数えつつ、その根を引く五月の節供《せっく》がしきりに待たれます）

と書いてさし出すと、笑って、

隠れ沼《ぬ》に生ふる数をば誰か知るあやめ知らずも待たるるかな

（隠れた沼のあやめの数をだれが知ろうか。あてにもならぬことを待っているひとだね）

とは言いながらやはり拝観させてくれるつもりがあったので、当日、例の兵部卿の宮の御桟敷《さじき》の同じつづきに、二間あったのを分けて、りっぱに準備を整えて見せてくれた。

子どもの道綱は、すなおに成長して、もう十一、二歳になってしまったが、私の方では明け暮れ世間なみでないことを飽きもせず嘆いてばかり過ごしていたのである。それもそのはずで、私は夜なぞもあの人の訪れのないときは、人気《ひとけ》もなく心ぼそげに、今はただ一人とたよりにしている父も、この十余年間は地方回りの国守《くにのかみ》ばかり歴任しているし、まれに京にいるときも、四五条辺の別宅住いで、私は左近衛《さこんえ》の馬場のそばなのだからたいそうかけ離れていた。この家も手入れをしたり世話をしてくれる人もないから、ひどく荒れていた。ここへあの人が平気で出入りするのは、私が心細く思っていることなど、たいして気にもしていないからだろうと、思いはみだれがちであった。用事が多いなぞいうのは、なにかこの荒れ果てた家の雑草よりも多いくらいだと思い、ぼんやり庭をながめ暮らしているうちに、八月に月は移ってしまった。

心のどかに送ったある日、ささいなことから言い争って、そのあげく私もあの人も悪口まで言い合って、すっかりきげんを損じて出て行くことになった。縁側の方に歩いて行って、幼い道綱を呼び出し、「私はもう来ないからね」と言い置いて出て行ってしまった。すぐにはいって来て道綱は手のつけられないほど泣き出して、どうしたのとなだめてみたが、返事もできないふうであった。他人が聞くのもいやで気ちがいじみているので、問いさしてあれこれとすかしていたが、五、六日ばかり過ぎても音《おと》沙汰《さた》もなかった。ただならぬほどになったから、ああ気ちがいじみたことだ、冗談だと私は思っていたのにと思い返し、それにしてもはかない二人の仲だから、こんなことでおしまいになってしまうこともありうるかもしれないと、たよりなく思いしおれてすわっていた。出て行った日あの人が鬢《びん》を洗った泔杯《ゆするつき》の水がまだそのままにしてあって、水面に塵が浮かんでいる。こんなにまですさんでと、私はあさましくそれを見入っているのだった。

絶えぬるか影だにあらば問ふべきをかたみの水は水草《みくさ》ゐにけり
(あの方との間は絶えてしまったのだろうか、水面に面影《おもかげ》でもうつれば問いたいのだが、水草がはえこんでそれも見えなかった)

など思い返していた日、ようやく見えた。しかしまたいつものように冷たい態度になってしまった。こんなに胸もつぶれるようなことばかりくり返して、ほんとに気分のおちつく暇もないのが、身もほそるほどだった。

九月になって、世間の秋はさぞはなやかであろうと、気分をかえてどこかへお参りしたい、たよりない身の上のこともお祈りしたいと考え、こっそり伏見《ふしみ》の稲荷《いなり》三社へ出かけてみた。一はさみの幣帛《みてぐら》にこう書きつけた。まず下《しも》の御社に、

いちじるき山口ならばここながら神の気色《けしき》を見せよとぞ思ふ

（効験あらたかな山の入り口の神なら、もうここで御気色をあらわしてください）

中の社では、

稲荷山多くの年ぞ越えにける祈るしるしの杉を頼みて

（稲荷山へ祈るしるしの杉の枝をたよりにして、長年お参りしてまいりました私でございます）

最後の社では、次の歌を手向《たむ》けた。

神々と登りくだりはわぶれどもまださかゆかぬ心こそすれ
（神々とともに坂を登り降りしてお祈りしますが、まだ私の栄えはやってこないように思われます）

同じ九月の末には、また賀茂神社に参詣した。今度は二はさみずつ手向け、下《しも》の社のは、

かみやせく下《しも》にや水《み》屑《くづ》積もるらむ思ふ心の行かぬ御《み》手《た》洗《らし》
（上の方でせきとめるのか、下に水あかがたまったためか、私の心はいまだにかなえていただけない）

榊《さかき》葉《ば》のときはかきはに木《ゆ》綿《ふ》四《し》手《で》やかたくるしなる目な見せそ神
（榊にもめんをつけたみてぐらをさしあげるのですから、どうぞ私を悲しがらせる境遇にあわせないでください）

また上の御社では、

いつしかもいつしかもとぞ待ち渡る森の木間《こま》より光見む間を
（森の木の間から神の光の見えんことを、今か今かといつも待ちもうけています）

木綿《ゆ》襷《ふだすき》結ぼほれつつ嘆くこと絶えなば神のしるしと思はむ
（ゆうだすきが結ばれているように、鬱屈《うっくつ》した私の心が晴れたなら、神のしるしがあったとお思いしましょうに）

など言い、神様の聞いていない所で陰口をたたいた。

秋も過ぎ、冬は朔日《ついたち》だ晦日《つごもり》だと行事が多く、身分の上下のへだてなく忙しく騒いでいるものなので、私はかえってひとり寝がちに過ぎてしまった。

翌春三月の末ころ、鶏の卵があったので、これを伊勢《いせ》物語の歌のようになんとかして十ずつ重ねて結びつけてみようと、慰みに生絹《すずし》の糸を長く結んで、一つ結びつけてはかがりかがりして立ててみると、うまく重なっていった。このままにしてしまうよりはと思い、九条殿の女御《にょうご》様に奉上した。おりからの卯《う》の花につけてやった。ただご

くあたりまえの手紙にして、端の方に、
「この卵が十重なったのは、こんなふうにしてもできるようでございます」とだけ申しあげた。するとすぐ女御様の御返事があった。

数知らず思ふ心にくらぶれば十かさぬるものとやは見る
(限りなく思う心にくらべると、十重ねたって物の数ではないようですね)

私の方からも返事をさしあげる。

思ふほど知らではかひやあらざらむかへすがへすも数をこそ見め
(思っている程度がわからないではなんのかい——卵——もありませぬ。かえすがえすも数が知りたいものです)

それからその卵を、時の第五皇子にさしあげられたということであった。
五月には、十余日《とおかあまり》に天皇(村上)の御病気のことがあって、世の中はしめやかであった。間もなく廿余日《はつかあまり》に崩御せられ、東宮(冷泉《れいぜい》)がすぐに御位につかれた。それまで東《とう》宮亮《ぐうのすけ》を勤めていた夫は蔵人頭《くろうどのとう》に任ぜられ大騒ぎをされるので、悲しみはそこそこにして、お喜びのことばばかり聞かされる。それにいちいち応対などして少し人ごこちがするが、私の心はやはり同じであるにしても、引きかえたように騒がしく暮らしていた。しかし御陵の沙汰や何かの話を聞くと、先ごろまで後宮で時めいていられた方々の気もちはどうだろうと、思いやるだけでもあわれである。やがて日もたったので、御寵愛《ごちょうあい》の深かった貞観殿《じょうがんでん》の御方に、「いかがお過ごしでいらっしゃいます」とお見舞いを申しあげたついでに、歌を贈った。

世の中をはかなきものとみささぎのうもるる山に嘆くらむやぞ
（世の中をはかないものと観じ、御陵の山で嘆いていらっしゃることでしょう）

御返事もたいそう悲しそうだった。

おくれじと憂きみささぎに思ひ入る心は死出《しで》の山にやあるらむ
（ともに御陵にはいってしまいたいと思っている私は、心はもう死んだもおなじでございます）

御四十九日もすぐ過ぎ、七月になった。宮中にお仕えしていた兵衛佐《ひょうえのすけ》(藤原佐理《すけまさ》)が、まだ年も若く、なんの苦労もなげなのに、急に親をも妻をも捨てて、叡山《えいざん》に登って僧になった。まことに惜しいと見ているうちに、その妻がまたあとを追うように尼になってしまったと聞くのであった。この人は前から文通していた間がらで、たいへん気の毒で痛々しく、慰めの歌を贈った。

奥山の思ひやりだに悲しきにまたあま雲のかかるなりけり

(山寺の生活を思いやるだけでも悲しいのに、またあなたまで尼になり、遠くへ行ってしまわれました)

筆跡はもとのままで返事が来たのも悲しかった。

山深く入りにし人もたづぬれどなほあま雲のよそにこそなれ

(山深くはいった夫を尼になってたずねましたが、やはりあま雲にへだてられて会えません)

こんないぶせき世の中で、夫のように中将だとか三位《さんみ》だとかに昇進する人もあって、しきりにあちらこちらでお祝いがあった。あの人は、「たいへん騒がしいので困っていたが、近くて適当な所ができた」と言って、急に私を東一条の本邸のすぐ近くへ移転させた。乗り物がなくても歩いて来られる距離だったので、じゅうぶん満足しているようだった。十一月半ばのことであった。十二月の末ごろに、夫の妹である貞観殿の御方(登子)が、この家の西隣の対《たい》に退出していらっしゃった。大晦日《おおつごもり》の日になって、膾《なます》というものを作ってみたが、まだ昼のうちからことことぱたぱたと細かい音を立てるので、ひとりで微笑しているうちに、間もなく夜が明け、新春となった。

昼ごろ、お客様の貞観殿のほうは、男なども混じっていないのでのんびりしている。私や召使の騒いでいるのを隣で聞いて、「待たるるものは鶯《うぐひす》の声」など春の歌を口ずさんで笑いあっているとき、ここでは手慰みに、木樵《きこ》り人形の片足に腫物《はれもの》のついているのに、搗栗《かちくり》をあんで二つにしたものをになわしたのを、だれかが持ち出してきた。それを取り寄せ、あり合わせの色紙《しきし》の端を脛《すね》にはりつけ、それに歌を書いて、あちらの方へ奉った。

かたこひや苦しかるらむ山賤《やまがつ》のあふごなしとは見えぬものから

（片こい――腫物――は苦しいでしょう。この木樵りにない棒がないごとく、会う時はないとは見えませんけれど）

すぐに干海松《ほしみる》の短く切ったのを一結びに束ね、枌《おうご》の先につけかえ、細かった方の足にも別の腫物をつけて、もとのより大きくして返して来た。こんな歌がついている。

山賤《やまがつ》のあふご待ちいでてくらぶればこひ勝《まさ》りけるかたもありけり

（あう時を待って、あなたのと比較してみると、私の方が恋のまさっている方向《かた》が見えています）

そして日も高くなったので、お正月の節供をさしあげているようである。こちらもそのようなことをし、十五日にも例年のようにして過ごした。

三月になって、お客様の方へと思われる御文を、まちがえて私の所へ持って来た。

見ると、
「このままではすまされないので、近いうちにお伺いしたいと思いますが、あなたには『自分以外にはけっしして』と御執心の方がいらっしゃると思いますので」などと書いてあった。この文の主と幾年も親しくしていらっしゃるので、こんなたよりがあるんだと思うと、だまっていられず小さく書きつけた。

松山のさし越えてしもあらじよをわれによそへて騒ぐ波かな
（べつに恋路の心配もおありにならないのに、この人は自分がそれだから、あらぬ疑いでたいへん心配していますね）

と端にしるし、「あちらの方へ持ってまいれ」と言いつけて返した。ごらんになったのですぐ、

まつ島の風にしたがふ波なれば寄るかたにこそ立ちまさりけれ
（波は風にしたがうものですから、この手紙も私の方でなく、受け取られたあなたの方に、御心が傾いているのでしょう）

とじょうずに身をかわして御返事が来た。

この御方は東宮の御親代わりとしてお仕えしていらっしゃるから、間もなく宮中へ参内《さんだい》なさらなければならない身だった。「このまま別れるのも心残りですから一度どうぞ」などたびたび言って来られるので、ある夕方こちらから参上した。おりもおりわたしの住まいの方へ夫が訪れた声がするので、

「さあ、さあ」

何をおいてもというふうに、すすめてくださるが、聞き入れないでいると、

「宵のうちからねむがっていらっしゃいますから、きっときげんを悪くしていらっしゃるでしょう」

とおっしゃる。

「私のような乳母《うば》はいなくても」

と言って、なおぐずついていると、だれかが呼びに来て、うるさくいうので、ゆっくりもできないで帰ってしまった。貞観殿の御方は翌日の夕暮れに宮中へ帰って行かれた。

五月の先帝の一周忌明けにはまた退出せられるので、前のようにこちらの隣へなど予定していたが、夢見が悪かったと言って、本邸の方へ退出された。その後もたびた

び夢見が悪いので、夢違《たが》えの祈禱でもしようかと思われ、七月の月の明るい夜、こう言って来られた。

見し夢を違へわびぬる秋の夜ぞ寝難きものと思ひ知りぬる
（悪夢を違えようと困っている秋の夜は、つくづく眠れないものと知りました）

私の返事、

さもこそは違ふる夢は難からめ逢はでほどふる身さへ憂きかな
（夢違えはさぞむつかしいことでしょうが、私のように会いたい人に会えないでいる身もつらいことばかりです）

またあちらから、

逢ふと見し夢になかなかくらされて名残《なご》り恋しくさめぬなりけり
（会うことができた夢にかえって泣かされ、なごり惜しく恋しさからさめきれないの

です）

私の方から、

こと絶ゆるうつつやなにぞなかなかに夢は通ひ路《ぢ》ありといふものを

（夢の中では会うてだてもあるといいますから、現実には仲が絶えてもいいではございませんか）

と言ってやったら、すぐ、

「『こと絶ゆる』とは何事ですか。不吉な言《こと》の葉」と御文が来て、歌があった。

かはと見て行かぬ心をながむればいとどゆゆしく言ひやはつべき

（あれはと、夢に見て実際は会えない気もちを歌にしてさしあげたのですから、はっきり不吉な返歌をなさっては困ります）

私もまた、

渡らねば遠方人《をちかたびと》になれる身を心ばかりは淵瀬《ふちせ》やはわく

（川を渡らなければ会えないで互いにへだたっている身ですが、心だけは何物にもさえぎられることはないのでございます）

など、一晩じゅう歌のやりとりをしたのだった。

幾年以来の願い事があって、ぜひとも初瀬《はつせ》に参詣したいと思い立ち、来月、八月にでもなったらと定めたが、さすがに心にまかせず、やっと九月に出かけることになった。

「十月には大嘗会《だいじょうえ》の御禊《ごけい》だし、本宅の方からも娘が女御代《にょうごだい》として出るんだから、それが終わってからいっしょに行こうではないか」

と夫は私の一人旅をしぶっていたが、私とは関係のない人のことなので、こっそりと出《い》でたち、その日は悪いので門出だけにして、法性寺《ほっしょうじ》のあたりに一泊、翌朝早くから出発した。お昼ごろに宇治《うじ》の別邸に来かかりながら見渡すと、木々の間から水面がきらきら光って、うっとりするような景色の静もり方である。目立たぬようにと、人も多く連れないで出て来たが、それも私のむとんじゃくさからなのだが、他の人だったらどんなに大騒ぎをして来たことか、など思いやった。車を回らして幕などを引き渡し、後ろに乗っていた道綱だけをおろして、川に向かって、簾《すだれ》を巻き上げて見ると、瀬の中に網代《あじろ》がずっと張られていた。行きちがう舟なども多く、今までに見たこともない風景なので、みんな身にしみてまとまってながめられた。背後を見ると、歩き疲れた従者たちが、つまらない柚子《ゆず》や梨なぞをうれしそうに手に持って、ときどき食べたりしているのも、旅の短いおもしろさであった。弁当を食べてから、舟に車をのせて宇治川を渡った。ずんずん行くと、贄野池《にえのいけ》や泉川《いずみがわ》などに来かかり、鳥が遊んでいたりするのもしんみりとおもしろかった。忍んで出発して来たせいか、何を見るにも瞼《まぶた》がしめりがちであった。泉川も通り過ぎて橋寺《はしでら》というところで、その夜は泊まった。夕方六時ごろ、車を降りて休んでいると、料理場と思われる方から、きざんだ大根を何かの汁であえ物にしたのを、最初に出してくれたのが、おいしかった。いかにも田舎の旅をしているような感じがし、忘れがたかった。翌朝川を渡って行くと、そこらあたりには柴垣《しばがき》をめぐらした家々があって、どことなく物語に出て来るような気がして、たいへん興趣が深かった。その日もお寺のような場所に泊まって、翌日は椿市《つばいち》で一泊した。その次の朝、霜が白く置いた街上を、参詣の人たちはお参りと下向《げこう》とこもごもにして来るふぜいだった。脛《はぎ》を布の端で包んだ人たちが行ったり来たり騒いでいる。蔀《しとみ》を上げた部屋に泊まって、からだをきよめるための湯を沸かしたりする暇に見ると、いろんな人が通り過ぎて行く。そしてめいめいが思い思いの願い事があるだろうと考えてみた。と、しばらくたって、文をささげて来る者がある。家の前に止まって、「御文」と言うようである。見ると、夫からで、

「昨日、今日のうちに急に思い立つなどとはなんの沙汰《さた》か、心配している。人数も少なくて出かけたようだが、どんなふうか。かねての話のように三晩も泊まるつもりなのか。せめて帰るあらかじめの日を知らせてほしい。出迎えたいから」

とあるのだった。返事には、

「椿市という所までは無事でした。こんなついでにいっそう山深く行きたいと思いますので、帰りの日ははっきり申しあげられません」

と書いた。しかし使いは、

「そこでなお三日もお泊まりになるのは困ります」

など侍女たちが相談して決めているのを聞いて帰った。

それからまた出発してしだいに進んで行くと、なんでもない平凡な道も、いつの間にか山深い感じになってきた。水音もつねならず心にしみ、霧が立ちこめてきて、木々の梢《こずえ》がさまざまの物の形にぼんやり見えるのである。水は石のごろごろしている間から沸き出るようにあふれていく。そんな中で夕日のさしているのを見ると涙も止

めかねるほどだった。しかしこの山道も、紅葉にはまだ早く、花も散ってしまったあとなので、とり立てていう景色の美しさもないのだが、枯れた薄《すすき》だけが道端《みちばた》になびいているのに、私はふと心をひかれ、簾を巻き上げ、下簾を車の両側にはさんで見ると、さっと光線がはいってきて着くずれした着物の色が急にちがったように見えてきた。薄紫《うすむらさき》色の軽羅《うすもの》の裳《も》をひっかけているのだが、腰のあたりに塵《ちり》がついていて、赤茶けた朽葉《くちば》にそれがよく調和して見えるのも気晴れがしたものだった。

こじきたちが野宿をして、道端に食器や鍋《なべ》をすえていた。しかし私はなにか下人《げにん》に近づきすぎたような気がして、山にはいってかえってけがれたように思われた。本堂におこもりして、眠られもせず、そうかといって何もすることがないものだから、つくづくと聞いていると、目も見えないみすぼらしい者が、思ったことを、人が聞くとも思わず、大きな声でくどくどとお祈りをしているのもあわれであった。

なおしばらくこうして参籠《さんろう》していたいと思うが、夜が明けると従者たちが大騒ぎをして車を京に向けようとしていた。そして帰途は微行のつもりなのにあちらこちらで聞き伝えてごちそうに引き止められるので、おちつきのない旅だった。三日目には京に着くはずであるが、日もとっぷり暮れたというので、山城《やましろ》の国久世《くぜ》の三宅《みやけ》という所に泊まった。たいへんうっとうしい家であるが、もう夜もふけてきたので明けるのを待ちかまえていた。

翌朝まだ暗いうちから出発すると、黒い衣服を着た者が、馬に乗ってあとを追いかけてきた。やや遠くで降りてひざまずくのを見ると、近衛《このえ》の随身《ずいじん》である。「なんの用か」とだれかが問うと、

「昨夕六時ごろに宇治の別荘にお着きになって、帰途につかれたかどうか見てまいれと御命令がありましたので」

という夫の使いであった。

車の先頭に立っていた男たちが勢いづいて、すぐに、「早く車を進めよ」と牛飼いに命じた。宇治川のほとりまで来ると、霧が通って来た方向もわからぬほど立ちこめ、あたりはうすもののようだった。車を岸に降ろしてごたごた手間取っているうちに、夫の従者たちがおおぜい集まって来て、「お車を舟にのせよ」と呼ばわっている。霧の下から、ふと例の氷魚《ひお》をとる網代《あじろ》が見えたりして、なんともいえない趣だった。あの人は対岸にいるのだろうが、まずこんな歌を書き贈って来た。

人心うぢの網代にたまさかによるひをだにもたづねけるかな

（おまえはつれない人だ。それで自分は網代にかかる氷魚のように、たまにでも会いた

いと思って帰路を迎えに来ている）

舟が岸に着く間に返事を書いた。

帰る日を心のうちに数へつつ誰れによりてか網代をもとふ
（私の帰る日をこっそり数えて、宇治の網代を見に来られたのは、だれのためでしょうか。ほかにどなたか目あてがおありなんでしょう）

みるみるうちに、車を舟にすえて、大騒ぎをして対岸に渡すのであった。そんなに高貴な身分ではないが、いやしくない良家の子弟で、なんとかの尉《じょう》とでもいわれるような人たちが、いっしょに舟に乗り込んでいて、車の轅《ながえ》や鴟《とみ》の尾の間にはいったりしている。日あしがわずかに洩れてきたようで、霧がところどころはれていくと、対岸では夫が子息たちや同じ役所の衛府《えふ》の佐《すけ》などを引きつれて、こちらをながめていた。あの人も旅らしく狩衣《かりぎぬ》を着ているのが、あざやかだった。岸の高いところに舟を寄せて、皆でむりに車をにない上げた。轅を別邸の板敷に引っかけて車を立てた。精進落《しょうじん》としの用意がしてあったので、しばらく皆そこでかれこれしているとき、川の向こう岸に夫の叔父《おじ》の按察使《あぜち》の大納言《だいなごん》(師氏《もろうじ》)の領所があって、そこにこのごろ網代見物に来ていらっしゃるという人があった。

「こうしてわれわれが来ているのを伝え聞かれるだろうが、お伺いするのでしたね」

など話していると、そこへ紅葉の美しい枝に雉《きじ》や氷魚などをつけて、大納言から御文が届いた。

「おいでになっていると聞いて、ごいっしょにと思いましたが、あいにく何もさしあげるものもない日でしてね」

とあった。

夫は返事に、

「ここに御逗留《ごとうりゅう》のことといっこうぞんじませず、ただ今すぐに参上してごあいさつ申しあげます」と書き、使いの者に引出物《ひきでもの》として、単衣《ひとえぎぬ》を脱いでやった。使者はすぐに川を渡って引き返して行ったようすだった。おり返し鯉鱸《こいすずき》などがしきりに届けられる。こちらでは夫について来た風流好きな人たちが集まり酔って、

「すばらしかったですね。今朝御車の月の輪に、朝日がさっと射して見えましたところなぞは」

と何か吉兆でも見たようなことを言う。またいだれかが私の車の後部に、花や紅葉なぞ

をさしたんだろう、一族の一人が、

「近く花が咲き、実がなりそうなごようすですね」

など言うのに、道綱もなにかと返答しているうちに、みな向こう岸の大納言の方へ渡って行くことになった。

「もちろん酔っぱらうのもいい」

と言って、酒の強い連衆《れんじゅう》をえりすぐって渡ることになった。川の方へ車を向けて、榻《しじ》を立てて轅を置き、いつでも出発できるようにしておいて、二そうの舟でこぎ渡った。そしてさんざんごちそうになり酔っぱらって歌いながら帰ると、さっそく男たちが、お車の用意、用意、と呼ぶので、旅疲れがひどく苦しかったが、ようやく京に帰り着いた。

翌日はもう御禊《ごけい》の準備もさし迫っていた。

「こちらでしていただきたいことはこれこれ」

とあの人の方から気ぜわしく言って来る。

「どうしてそんなに」

とは思うが、しかたがないので取りかかった。

当日は儀式の車が引きつづいて、下仕《しもつか》え・手《て》ぶりなどいう男女の従者をつれて行くので、いかにも晴れの場に出た感じがして、はなやかだった。月が改まって十一月になると、大嘗会《だいじょうえ》の毛見《けみ》とかなんとかで騒ぎ、私も見物のしたくなどに追われていた。そしてまた年もおしつまって新年の準備なのだ。

こうして年月は積もっていくが、思うようにならない身の上を嘆きつづけている身には、べつに年が改まったとしても、うれしいわけではない。相変わらずはかない日常であることを思うと、こんなことを書きしるしていることも、あるかなきかの感じがして、ちょうど「かげろうの日記《にき》」とでも名づけたらよいのであろう。

巻の中

安和二年（九六九年）―天禄二年（九七一年）
道綱母三十四歳―三十六歳
兼家　四十一歳―四十三歳
道綱　十五歳―十七歳

たよりない生活をつづけていながらも、年はあたらしく還ってきた。こんなに不運な境遇にいることも、世間でする事忌《こといみ》などを自家では幾年来しないからではないかしらなぞと考えついて、帳台からいざり出るとすぐ、

「さあ、ここに皆おいで。今年はせめておめでたい言《こと》をいって、運だめしをしましょう」と言い出すと、妹がまだ臥《ふ》しながら、さっそく、

「天地《あめつち》を袋に縫ひて幸ひを入れてもたれば思ふことなし」などいう言祝《ことほぎ》歌を歌いだしたので、おかしくなって、

「そいじゃ私は、『三十日《みそか》三十夜《みそよ》はわがもとに』と言いましょう」

と言うと、侍女たちも笑って言った。

「同じことならこれをお書きになって、殿《との》におあげになったらどうでしょうか」

寝ていた妹も起きて来て、

「それはいいですね。占いの御利益《ごりやく》よりずっといいでしょう」

と笑い笑い言い張るので、私も調子づいて、そのまま書きつけ、小さい道綱に持たせてやった。あの人の方ではこのごろたいへん威勢があるので、おおぜい年賀の客がたて込んでいる。宮中へも早く参内《さんだい》せねばと騒いでいたが、こんな返事があった。今年は閏年《うるうどし》で五月が二つ重なるからだろう。

年ごとにあまれる恋か君がため閏月《うるふづき》をばおくにやあるらむ
（毎年恋心があまるくらいなので、今年は特におまえのために閏月をおくのであろう）

とあったのは、少し祝い言も過ぎた感じだった。

翌日、こちらと本邸の時姫様の下人《げにん》との間にもめごとが起こった。あの人はこちらの側に同情して、成り行きを気の毒に思っているようだったが、私はすべて近すぎることが原因で、残念なことだと思っている。おりから夫の方でも新邸の造営準備などで家移りをする計画があったので、私も少し離れた所へ移転して行った。するとなぜかあの人も、特にきらきらしく着飾って一日おきに通って来てくれるので、はかないうちにも心満ちた思いになっていた。「錦を着て故郷に帰る」ということばはあるが、古なじみのあの人の心も、いくぶん私の方に立ち帰ってくるように思えた。
　三月三日の桃の花の節供《せっく》に、供え物など用意したが、こちらは人少なでさびしいと侍女たちが言い、本邸の若侍《わかざむらい》たちに、こう冗談めいて書いてやった。

　　桃の花すきものどもを西王《さいわう》が園わたりまでたづねにぞやる
　　（桃のお節供なのだが、風流人たちを招待しようと西王母の園まで迎えにやることです）

すぐにみな連れだってやって来た。供えのお下がりを出し、酒など飲んでにぎやかにその日を暮らした。
　中旬ごろ、この本邸の若侍たちが前・後に組を分けて小弓の競技を張ることになった。交替に射手となって騒いで練習していたが、後の組の者が全部私の家に集まって練習した日、侍女たちに賞品をねだったが、適当な物が急には思いつかず、困ったあげく、青い紙を柳の枝に結びつけて歌をしるした。

山風のまづこそ吹けばこの春の柳の糸はしりへにぞよる
（山風が吹いているから、今春の柳の枝はうしろの方へなびきます）

その返事はめいめいにしたが、忘れたほどだから想像に任せるようなものだった。中に一つこんなのがあった。

数々に君かたよりて引くなれば柳の眉《まゆ》も今ぞひらくる
（なにかにつけてあなたが味方となってくださるので、私たちもたいそう喜んでおります）

月末に小弓の試合をしようと決めていたのに、どんな大罪があったのか、勅勘《ちょっかん》を受けた人々が流されるという騒動がもち上がって、取り紛れてしまった。そして二十五、六日ごろ、西の宮の左大臣（源高明）が流罪《るざい》になった。そのようすを見ようと、都の人々が大騒ぎして西の宮へかけつけたりした。たいへんなことになったと思いつつ、見ていると、大臣《おとど》は人にも見られない不体裁で逃げ出された。愛宕《あたご》に隠れていられるなどと、もっぱらの噂《うわさ》だったが、ついに捜し出されてお流されになったという。あきれるほど悲しく、なんにも知らない私さえこんなに悲しいのだから、事情をよく知った人々の悲しみはいっそう深かったであろう。おおぜいの御子たちも、辺鄙《へんぴ》な国々へ流され、行くえも知らずちりぢりになられた。あるいは御髪をおろされるなどして、言葉に尽くせないことばかりだった。大臣も頭をそって出家されたが、むりに大宰《だざい》の権《ごん》の帥《そち》におとして九州へ追い下しなさった。自分の身の上だけをしるす日記には入れるべきことではないが、悲しさを身にしみて感じたので、よそごとではないような気がするから書いておくのである。

二度あるうち、初めの方の五月の二十余日《はつかあまり》のころ、物忌《ものいみ》もあって、長精進《しょうじん》をするため、夫は山寺にこもった。

「雨がひどく降るので、じっと引きこもって退屈していると、へんに心細くなる所だ」

などと言ってよこした。返事に、

時しもあれかく五月雨《さみだれ》の音まさり遠《をち》かた人の日をもこそふれ

（おりから五月雨が降りつづいて、遠くへ行ったあなたには幾日もお会いできないので

すね）

と言ってやったら、あの人もまた返事をよこした。

まし水のましてほどふるものならば同じ沼にぞ下《お》りも立ちなむ

（増水のためこれ以上日数がたつくらいなら、いっそ精進などやめていっしょに暮らそう）

そのうちに、閏《うるう》の五月となった。どうしたのか月の末から、どことということなく苦しくて堪えられなくなり、もうどうなってもいいと思ったりしていた。命を惜しんでいるように見られたくないと、じっとがまんしているが、周囲の者が心配して、芥子《けし》焼《や》きなぞという護摩《ごま》の法を行なうが、やはりききめもなく日を経ていた。あの人は、こちらが物忌期間中のことだったので、いつものようにも通って来ない。東三条とかに新邸を造るとのことで、検分に行かれるついでに、訪れても表に立ったままで、気分はどうだなどとそそくさと見舞って行かれた。私はもう気もちも弱ってきて、何もかも悲しく思われるある夕暮れに、例の所からの帰途、蓮《はす》の実を一本、人に持たせてよこした。

「暗くなってしまったのでまいりません。これはあそこのだ、ごらん」

など言うのだ。返事にはただ、

「生きているのか死んでいるのか、かいもくわかりませぬ、とだけ申しあげるよう」

と侍女に言わせて、ぐったりと臥《ふ》していると、ほんとに今度の所はたいへん趣の深いところらしいが、命のほどもわからず、あの人の心だってたよりにもならないようなので、いつか見せてやろうと言われたことも、すべて水のあわになってしまうにちがいないと、言いようもなく寂しかった。

花に咲き実になりかはる世を捨てて浮き葉の露とわれぞ消《け》ぬべき

（花にかかげ実になるこの世ののぞみを捨てて、私は置く露のようにはかなくなっていくのでしょう）

こんな歌を思いつづけるような日数もたって行くが、同じ日ばかりなので、心ほそるばかりだった。少しも生命が惜しいわけではないが、ただひとり子の道綱のことをどうしたらよいかとばかり、頬しめりも止めかねるのであった。

いぜんいつもと違った気分の悪い日がつづくので、高徳の僧侶を呼んで祈禱《きとう》をしてもらっても、いっこう効力もないから、やはりこのまま死んでしまうのかもしれない。急に死ぬことにでもなれば、思っていることも言えないものだし、ほんとに残念であった。生きている間にあの人が来てくれたら、思いどおりにはならなくても、話だけはしておくことができるのだがと思って、脇息《きょうそく》にもたれかかって書きつづけた。

「今度は間もなく会えなくなるにちがいないとだけ申しあげ、この次お目にかかるのが最後になるだろうと思っていましたが、おいでがなくてずいぶんに時がたってしまいました」

と遺書のように書き出し、

「つねづね申しあげますように、長命をいたしますことはほとんど望みがございませんし、もうこの命も塵《ちり》ほども惜しいものではありませんが、ただ若い道綱のことがたいそう気にかかりますので、格別のことのないかぎりは、どうぞふきげんな顔をお見せくださいませんように、ほんとに罪深いことなどあの子にあった節はべつですけれど。

風だにも思はぬかたに寄せざればこの世のことはかの世にも見む

（風さえ意外な向きに吹き寄せなかったら、私はきっとこの世でしたことをあの世でもまたくり返すことでありましょう）

ですから、亡《な》くなった後も、もしうとうとしく扱う人があったら、うらめしく思うことでしょう。幾年このかたあなたとの間はきっと最後まではつづくまいと思っていましたのに、今までお見捨てなさらなかったお心をよくぞんじていますので、子どものことよくよくおねがいいたします。この子を忘れ形見《がたみ》に残してなど考えていましたが、そのとおりに、今はなってしまいそうでございますから、どうぞ末長く見てやってくださいませ。そして二人の間だけで興趣深かった歌の贈答のことなぞも、忘れないでいていただけるでしょうか。こんなおりですから、お目にかかって申しあげるほどでもありませんので、

露繁き道とかいとど死出《しで》の山かつがつ濡るる袖《そで》いかにせむ

（あの世への旅は長いつらさを忍ばなければならないそうですが、もう今からそれが身に迫る気がするのはどうしたらいいのでしょう）」

なお、端の方に、

「私の死後には、官吏登庸《とうよう》の試問なども、ほんの少しもまちがえないくらい、よく勉強するようにと言い残したと、そのようにあの子に申しつけてくださいまし」と書き、封をして、上に、

「死後、忌日が済んでからごらんに入れるように」と書いて、そばの唐櫃《からびつ》にいざり寄って入れた。わきでだれかが見てへんだと思うだろうが、病気がさらに長びいたら、こうでもしておかなかったら、私の心のおさまりようはなかった。

なお同じ日がつづいていたから、十一日の祭りも月末の祓《はら》えも、形ばかりやっと済ませた。六月の晦日《みそか》ごろになって少し気分がはっきりしてきて、ふと聞くと、流された帥殿《そち》の北の方が尼におなりになったという噂なので、胸をつかれるほどあわれだった。西の宮の館《やかた》は流罪《るざい》になって三日目にすっかり焼けてしまった。北の方は自分のお邸《やしき》が桃園にあるのに移って、悲しそうに茫然《ぼうぜん》と日を送っていらっしゃると聞くにつけても、身につまされ、私の気分もさっぱりしないので、つくづくと臥しながら心に思い描くまま、むやみに多い悩みを書き出していくと、まずいながら長歌が一つでき上がった。

――今となっては、こういうかいもないけれど、思い出してみれば春の末、大臣《おとど》がお流されになると騒いだが、お気の毒だと聞いているうち、西山の鶯《うぐいす》が鳴《な》いて飛んで行くように、愛宕《あたご》山の奥深くはいりこまれたという噂だったが、人の言葉がうるさいので、非道なことだと嘆きつつ、谷かくれの山水のように、とうとう筑紫《つくし》へお流されになったのだ。騒ぎの中に世の中もつらい四月《うづき》になったから、山ほととぎすが立ちかわって、大臣をしのび鳴く声は、どこの里にも絶えなかった。まして憂鬱《ゆううつ》な五月雨《さみだれ》のころはだれの思いもぬれまさったが、そのうえ閏《うるう》五月まで雨がつづいて、重ねた着物も上下が、わからぬくらいぬれ朽ちた。まして大臣を恋いしたう方々はどんなにか悲しみが深かったことだろうか。四方《よも》に別れる群鳥《むらどり》のごと、子たちはめいめい四散して、わずかにかえらぬ卵のように、北の方のもとに止まった幼君にも、残ったところでなんのかいもないことと、嘆いていらっしゃることでしょう。いうまでもなく大臣は、九重《ここのえ》の内に住みなれていらっしゃったのに、今は同じ数の九州と、島二つとを、ながめ暮らしていらっしゃるでしょうか。これも夢かと言いながら、いつ会うことができるかと、あなたも嘆きをつみ重ね、とうとう尼になられたのでしょう。舟を流した漁師のように、どんなにうら寂しい世の中を嘆き暮らしていらっしゃることだろう。雁《かり》が往来するように、もしこれが一時の別れなれば、仲をさかれることもないでしょうが、塵《ちり》ばかり積もってむなしく枕《まくら》の行くえもわからなくなり、今は涙も枯れた六月《みなづき》となって、木陰に残る空蟬《うつせみ》のよう、胸もつぶれる思いで嘆いていらっしゃることでしょう。まして秋風が吹き初めると、桓根《かきね》の荻がそよそよと音立てるたびに、いっそう夜も眠れないことでしょうが、夢にも会うことができないで、長い一夜を鳴き明かす虫といっしょに、ことばを交わしていられるだろうと、お察しする私も、大荒木の森の下草のように、同じ思いの涙を重ねているのだと、お知りになってくださいませ。

その奥に、

宿見れば蓬《よもぎ》の門《かど》もさしながらあるべきものと思ひけむやぞ

（あなたのお邸を見ると、雑草が門をとざしたままになっていますが、こんなことになるとは思いがけもしませんでした）

と書いて、そのままほうり出してあったのを、侍女たちが見つけて、

「たいへんしんみりとしたお歌です。いっそこれをあの北の方にお見せしたらどう

でしょう」

と話し合って、

「はっきりと贈り主がわかったら、かえって気がきかなくて見苦しいでしょう」

と、薄墨色《うすずみ》の紙に書かせて、正式の立文《たてぶみ》にし、削りかけの花の形の円木《まるき》につけた。

「どちらからとたずねたら、多武《とう》の峰からと言いなさい」と教えたのは、この北の方の御兄弟の入道の君が、多武の峰におられたので、そこから来たように言わせようとのつもりだった。向こうの人がその文を受け取って奥へはいった間に使いは帰ってしまったのだ。あちらではどうお考えになったかはわからなかった。

こんなふうに日を送るうち、気分は少し快方に向かったが、二十余日《はつかあまり》のころ、夫は大和《やまと》の御嶽《みたけ》へ参詣すると言い、急に出発することになった。道綱もお供にと言って連れて行くので、あれこれとしたくをして出してやった。そしてその日の夕暮れ、私ももとの西洞院《にしのとういん》の邸《やしき》の修理が終わったので、そちらへ移っていった。供をする従者などを残しておいてくれたので、それを引きつれて移った。なにぶん御嶽へは、心配ざかりの子どもをつけてやったので、しきりに気をもんでいたが、七月一日の明け方に戻って来て、

「ただ今帰りました」

と、まあまあ無事だったのだ。ここは本邸とずいぶん離れているから、しばらくはお出かけもむつかしいだろうと考えていると、昼ごろ、疲れた足を引きずって来てくださったのは、いったいどうしたことだったろうか。

さてそのころ、尼になられた帥《そち》殿の北の方が、私のところから長歌が届いたのだとお聞きになって、どうしたのかその返事を、六月まで私がいたもとの場所へと考えられ、使いの者もまちがえて本邸の時姫の所へ持って行った。そこでも取り入れて、またへんだとも思わなかったのか、返事などをさしあげたいということだったが、北の方はその返事を聞いて、

「まちがえて届けてしまったのだ。つまらない返歌を、また同じことをもう一度届けたら、向こうでは伝え聞いてもいるだろうから、まずいことになってしまう」

と困っておられると聞いて、おかしかったが、このまま捨てておくわけにもいくまいと思い、前の筆跡で、

山彦《やまびこ》の答へありとは聞きながらあとなき空をたづねわびぬる

（あなたから返歌があったとは聞きましたが、まるで山彦のようにあとかたもないので、さがしわびています）

と、薄藍《うすあい》色の紙に書き、葉のたくさんついた枝に立文にしてつけた。今度の手紙も使いがそのまま先方へ置いて消えうせたので、向こうではまた前のようなことになるかもしれないと御用心なさるのか、やはり返事が来なかった。へんなことばかりあるものだと思っていると、しばらくたって確実に届けられそうなたよりを求めてこうおっしゃった。

吹く風につけてもの思ふあまのたく塩の煙はたづね出でずや
(風が吹くにつけても、あまのたく塩の煙をたずね出してくれる人はないものかと思います)

何か幼げな筆跡で、薄墨色の紙に書き、河柳の枝につけてあった。

荒るる浦に塩の煙は立ちけれどこなたに返す風ぞなかりし
(荒れる浦に、塩を焼く煙は立っていますけれど、それをこちらへ吹き返してくれる風は吹きませんね)

と、また私は返歌を作り、胡桃《くるみ》色の紙に書いて、変色した松の葉につけた。

八月になった。そのころ帥殿を左遷させたあの小一条の左大臣(師尹《もろただ》)の、五十の御賀というので、世間は騒いでいた。御兄君の左衛門《さえもん》の督《かみ》(師氏《もろうじ》)がお祝いに御屏風《びょうぶ》を贈られるというので、私にその歌を詠《よ》めと、断わりがたい伝手《つて》を介してせめられることがあった。ところどころ絵が描いてあるのに歌をつけるのである。あまりにそらぞらしいことなので、幾度も辞退してみたが、むりにせめられるので、宵のうち月をながめる合い間などに一つ二つなど考えて詠んだ。

人の家にお祝いをしている絵がある。

大空をめぐる月日のいく返り今日行く末にあはむとすらむ
(空ゆく月日がくり返すように、末長く年月を重ねることだろう)

旅行く人が浜辺《べ》に馬を止めて、千鳥《ちどり》の声を聞くところがあった。

一声にやがて千鳥と聞きつれば世々をつくさむ数も知られず

（一声ですぐに千鳥だとわかるが、そのように千年も長生きするのはおめでたいことである）

また粟田山《あわたやま》から東国の駒《こま》を引いて来る。その付近の人家に引き入れて見ているところがあった。

あまた年越ゆる山辺に家居《いへゐ》して綱引く駒も面《おも》馴れにけり

（幾年も山のあたりに住んでいるので、引かれて行く駒もつい顔を見知るようになった）

人の家の前を流れる泉流に、八月十五夜の月影が映ったのを女たちが見ているとき、垣の外の大路を笛を吹いて行く人がある。

雲居よりこちくの声を聞くなべにさしくむばかり見ゆる月影

（雲のかなたからこちらへ聞こえて来る胡竹《こちく》の笛の音を聞くと、水上の月影もいっそう澄みわたってくるように見える）

田舎人《いなかびと》の家の前の浜辺に松原がある。鶴が群れて遊んでいる。二つ歌を作れと書いてあった。

波かげのみやりに立てる小松原心を寄することぞあるらし
(波の見える海岸に立っている小松は、たがいに心を寄せ合っているように見える)

松のかげ真砂《まさご》の中とたづぬるはなにの飽かぬぞたづの群鳥《むらどり》
(鶴たちよ、松のかげ砂の中をあさっているのは、いったい何が不足なのか)

網代《あじろ》の絵を書いたのがあった。

網代木に心を寄せて日をふればあまたの夜こそ旅寝してけれ
(氷魚《ひお》を取る網代に興趣を寄せて日を経たので、ずいぶん長く旅寝を重ねたことだ)

海辺に漁火《いさりび》をともし、釣舟などあるところがある。

漁火もあまの小舟《をぶね》ものどけかれ生けるかひある浦に来にけり
(ああ生きがいのあるおもしろい海岸に来たものだ。漁火もあまの小舟ものどかな風景に見える)

女車が紅葉狩《もみじ》をして来て、ついでにまた紅葉の多い人の家に立ち寄った絵に、

よろづ代を野辺のあたりに住む人はめぐるめぐるや秋をまつらむ
(長く長く野中の家に住む人は、めぐり来る秋を、どんなに待っていることだろう)

など詠んでみたが、気乗りもしないのに、数多くむりに作らされて、心ゆくばかりのものもできなかったが、これらのうち、「漁火」と「群鳥」との二首が採用されたなぞと聞くのも、いやな感じだった。

こんなことをしている間に、秋も暮れ冬に季節は移っていた。特にそれということもないが、うるさくおちつきのない気もちで過ごしているうちに、十一月に雪が深く降り積もって、どうしたのか、むしょうに身心がはればれせず、だれもかれもつれなく世間がいやで、もの憂《う》く思われる日があった。つくづくと引きこもり思い沈んでいた。

降る雪に積《つも》る年をばよそへつつ消えむ期《ご》もなき身をぞ恨むる
（降る雪に積もる自分の年を比べつつ、いつ消えるともないこの命を嘆いている）

そして、こんな歌の心に思いふけっているうち、晦日《みそか》の日も過ぎ、春の半ばにもなっていた。

あの人は、東三条にりっぱに磨き立てて造った新邸へ、明日にも今夜にも移転しようと騒いでいるが、あらかじめ私には思ったとおり、このままもとの邸《やしき》にいてほしいということになったようだ。私の方でも近い暮らしは、もうこりごりだとあきらめているうち、三月十五日に、宮中で競射の催しが行なわれることになり、大がかりな準備にかかったが、道綱は後《あと》の組に選抜されて出ることになった。味方が勝った場合にはその方の舞楽の方も勤めよということなので、このごろは万事をさしおいてこの準備だった。舞いの練習をするため毎日音楽を奏して遊んだ。予行試合に射て勝ち、賭《か》け物を取って帰るほどなど意外だった。十日の日には自邸で舞楽の予行をやってみた。舞いの師匠は多好茂《おおのよしもち》で、女房たちから数多《あまた》の贈り物をした。男たちもありとあるかぎり脱いで与えた。夫は物忌《ものいみ》なので来なかったが、従者たちがそっくりやって来た。全部終わりかけた夕暮れに、好茂が胡蝶楽《こちょうらく》を舞って出て来たのに、感動して黄色の単衣《ひとえ》を脱いで着せかけた人があった。そのおりにふさわしいよい感じだった。また十二日には後の組の人々が皆集まって練習することになり、こちらは弓場がなくて都合が悪いだろうというので、本邸の方へおしかける騒ぎとなった。殿上人が無数に集まっていたので、好茂は被《かず》け物でうずもれてしまうほどである。私はどんな結果だろうと気がかりに思っていると、夜ふけておおぜいの人に送られて父子とも帰って来た。そしてしばらくして、人々がへんに思うのもかまわず私のそばへはいって来て、

「これがかわいらしく舞ったことといったら、評判だった。みんなが涙を落としたくらい感心してね。……明日明後日《あすあさって》は物忌なので、見てやれないのが気がかりだが、十五日には早朝やって来て指図《さしず》しよう」

など言って帰って行くと、平生の不満も忘れ、ほんとうにうれしかった。その日にはまだ明け方からやって来て、舞いの装束のことなどで人がおおぜい集まってしたくをし、やっと出してやってから、またしても競射のことを心配していた。かねて人が言うには、

「後の組はきっと負けだ、射手の選抜がひどくまずかった」

などいう噂だったから、せっかくの舞いの準備もむだにしやしないかしら、どうだろうかとくり返し思ううち、すぐ夜になってしまった。月が明るいので、格子《こうし》をおろさないで、勝利を祈っていると、宮中からだれかが走って来て、結果をいちいち知らせてくれた。「いくつ射た」「対手《あいて》は右近衛《うこんえ》の中将だ」「力量相応に射伏せられた」などと、味方のことを聞いて、一喜一憂する心もちはなんともいえない。負けと決まっていたのに、道綱の矢がみんな命中して引き分けになったと告げてよこす人もあった。勝負なしになったので、まず羅陵王《らりょうおう》の舞いを舞ったのは、これも同じ年ごろの私の甥《おい》だった。練習をしていた期間、こちらで見あちらで見などしてたがいに見合っていた間なのだ。道綱はその次に舞って、天皇のお目に止まったのか御衣《おおんぞ》を賜わった。内裏からはすぐに車のうしろに羅陵王の甥もいっしょに乗せて退出して来た。夫は、そのときのようすを語り、自分の面目《めんもく》をほどこしたこと、上達部《かんだちめ》たちがみな涙を流して感心したことを、くり返し感高く語るのであった。弓の師匠を呼びにやった。来るとまたここで何かと多くの被《かず》け物を与えたりして、私もそのときはつらい自分の身の上も忘れ、このうえもなくうれしかった。その夜も後の二、三日も、知っている人のすべてが、お坊さんに至るまで、若君のお喜びを申しあげにと言って立ち寄ってくれるのも、むしょうにうれしかった。

間もなく四月になった。十日からまた五月十日ごろまで、あの人はひじょうに気分がすぐれないとかで、いつものようにも訪れないでいて、あるとき、

「七、八日寝込んでいて、苦しいのをがまんしていたが、どうにも気になったので……」

など言って、やって来た。

「夜のうちだから来られたんだがね、……苦しくって、内裏へも参上しないから、こう出歩いているのを人に見られてもぐあいが悪いから」などと言って、またあの人は帰って行った。間もなく病気もなおったと聞くのに、待つ間も過ぎたような感じがする。へんだと思い人知れず今宵こそはと待っているが、ついには消息さえも来なくて、長い間たってしまった。珍しく気がかりに思い、一方平気な顔をして過ごしているが、夜はこの世の車の音に胸をとどろかせたりして、ときどきまどろみ、もう今日も明けてしまったのかと気づき、ほんとにあさましいくらいだった。道綱はあちらへ出かけてはいろいろ聞くが、それでもなんのかいもなかった。どうしているとさえ私のことには触れてくれないのだ。ましてこちらからどうしてたよりがないのかとたずねるわけにもゆかず、不安な日を送っていたが、そんな朝、格子などをあげたとき、外を見ていると、夜の間に雨が降ったとみえて、庭の木立は一面に露めきかかってい

た。それを見ていると、

夜のうちは松にも露はかかりけり明くれば消ゆるものをこそ思へ

(夜のうちに松にかかった露も、日が当たればすぐに消えてしまう。そのように私は一晩物思いをして、身心ともに消えるように嘆いている)

そのうちに、月末に小野《おの》の宮《みや》の大臣《おとど》(太政大臣《だじょう》実頼)が薨《こう》ぜられたので、世間は騒がしかった。それを機会に夫から使いが来た。

「とうとう亡《な》くなって世間が騒がしいから、謹慎しているので行けないのだ。喪中になったので、これらをさっそく仕立ててほしい」

が、こんな言い分があることだろうか。あきれた話なので、

「このごろは仕立て物をする人が実家に下がっていますから」

と言って返してやった。このことにいっそうきげんを悪くして、まったくたよりもなくなり、そのまま六月になった。

数えてみると、夜会わないのが三十余日、昼見ないことが四十余日になっていた。急にへんだなぞというのも愚かなくらいだった。たがいに満足しない仲とは言いなが

ら、今までこんな目に会ったこともないので、はたで見る人々もふしぎがり、とんでもないと思っている。私はもうものを考えることもできないから、ただぼんやりと庭なぞ見つめ、うつろに暮らしている。人目もはずかしくて、臥して聞くと、季節はずれの鶯の声がどこかでしていた。

うぐひすも期《ご》もなきものや思ふらむ水無月《みなつき》はてぬ音をぞ鳴くなる

（鶯もものの思いが果てないのだろうか。老いて六月になってもまだ鳴いている）

そのまま二十余日《はつかあまり》になった。気分がやりきれないほど憂鬱《ゆううつ》なので、どこか涼しいところはないものかと、気散じついでに浜辺《はまべ》のあたりで祓《はら》えでもしようと、唐崎《からさき》を目あてに出発した。午前四時ごろ家を出ると、月もたいそう明るかった。私と同じような境遇の人、それに供を一人だけつれているので、ただ三人で車に乗って出かけ、その他は馬に乗った男の従者たちが七、八人ばかりついている。加茂《かも》川のあたりで夜がほのぼのと明けてきた。そこを過ぎて山道になると、京とはすっかり違った景色も、このごろの鬱屈した目にはおもしろかった。まして逢坂《おうさか》の関について、しばらく車を止めて牛に物を食べさせたりしているとき、いやしい木こりがほの暗い坂道をおりて来るのも、気分が変わっていておもしろかった。関所の道もたいそう興趣深く思われ、道路の行くえをなんとなく目で追っていくと、はるかかなたまで見渡され、その先に鳥が二つ三ついるように見えたのは、よく見ると釣り舟らしかった。心の弱った私は、もうこんな風景ですっかり涙ぐむほどになっていた。が、それは鈍感な私だけが感動したわけではない、他の人も動かされて目を伏せていたのである。あまりきまりが悪くなって、私は目も見合わせられないくらいだった。行く先はまだ遠く、大津のきたならしい町の中へ、やがて車は引き込まれていった。それもこんな場合には珍しい感じがして通り過ぎると、はるばると続いた浜辺に出た。来た方向を見返ると、湖辺に並んで集まっている家々の前に、舟を岸に並んで寄せてあるのもおもしろい。水上に浮かび出て往来している舟もあった。ずんずん進んでいくと、もういつの間にか正午近くになったので、しばらく男たちの馬を休息させようと、清水《しみず》という所で、すぐ近くに大きな棟《おうち》の木がただ一本立っている陰に車を止め、馬を湖岸に引きおろして冷やしなどした。

「ここでお弁当を待ちましょうよ。唐崎のみ崎はまだだいぶ遠いようですから」

など話し合っていると、男たちに交じっていた道綱が一人疲れたようすで寄りかかっていたから、餌《え》袋の中の食物を取り出して食べさせたりしているうちに、弁当を持って来たので、めいめいに分け与えなどした。そこから従者の半分は京に帰すことにしたが、それは清水に無事に着いたことを知らせるためだった。それから車を出してそのみ崎に着き、また別な小さな車に乗りかえて祓《はら》えしに行くのだが、途中、風が吹いてきて波のうねりも高くなった。岸辺に、行き来の舟どもを引き上げつつ行く男たちが集まっていたので、「歌をお聞かせせよ」と言わせると、世にも情けない声を出して歌って行く。祓えの場所へくたびれきって到着した。ここはたいへん狭い岬《みさき》で、下の方は波打ちぎわに車を立てた。みんな降り立ったので、「波が寄せすぎて、立場がない」という古い諺《ことわざ》そっくりだった。車の後部に乗って来た人々は、落ちてしまいそうにしてのぞきこんで、珍しい貝なぞを拾い上げ、騒いでいる。若い男たちも、ちょっと離れて並び、「さざなみや志賀《しが》の唐崎」などと例の神楽《かぐら》歌の調子で歌い上げるのもおもしろく聞こえた。風は強く吹くけれど、ここは木陰がないのでたいへん暑い。早く清水まで戻りたかった。午後四時近くなってやっと祓えが終わったので帰った。見捨てがたい風景に興趣を覚えながら通り過ぎて、逢坂山の山口に来かかると、もう夕方の六時近かった。ここらあたりはひぐらしが一面に鳴いている。聞いていると、

鳴きかへる声ぞきほひて聞ゆなる待ちやしつらむ関のひぐらし

（勢いづいて鳴く声がさかんに聞こえる。ひぐらしよ、おまえは私の帰るのを待っていたのか）

という歌ができたが、人には言わなかった。やがて走り井に近づくと、だれかが馬を急がせて走って行き、私が到着すると、先に立った人々がもうゆっくり休み涼んでいて、気もちよさそうに車をおろす所に寄って来たので、後の人がこう言ってみた。

うらやまし駒《こま》の足とく走り井の

（馬の足早くかけて来て、走り井で涼んでいるとはうらやましい）

すると、先着の連衆《れんじゅう》はすぐ答えるのである。

清水に影はよどむものかは

（清水に物の影がとまらないように、馬の足はぐずついているものじゃない）

水近く車を寄せて、上手《かみて》の方に幕を引き渡して、みんな降りた。手足をひたしてみると気もちよく、物思いもふっとんでしまうように思われる。石に寄りかかって、水を渡す樋《とい》の上に折敷《おしき》を置いて、ものを食べ、手ずから水飯などを作る気もちは、ほんとに立ち去りがたいほどだったが、「日が暮れてしまう」と言ってせき立てられた。こんな所でよけいなことを言う人もあるものだと思うが、日が暮れてきたので余儀なく出発した。どんどん車を進めて行くと、粟田《あわた》山という所で、京から松明《たいまつ》を持って人が来た。

「今日の昼、殿が家の方へいらっしゃいました」というのだった。どうもげせないことだった。わざわざいないるすをねらってのように思われる。

「それで……」などあれこれとたずねてみた。私はそんな行き違いを、あきれたことに思いながら、京に帰り着いたのだった。

車を降りると、気もちがいたたまらないほどだるいものだったが、るすの者たちが、「いらっしゃっておききになるので、ありのままに申しあげましたら、『なんでそんな気になったのかな、悪いときに来たものだね』とおっしゃいました」など言うのを聞いていても、夢のように思われる。

翌日は終日疲れ悩んで、そのあくる日、道綱が本邸へと出かけた。ふにおちないなされ方を、ただしてみたいと思うのもものうかったが、旅をして来たあの浜辺を思い

出す気もちが、がまんしていられなくなり、

うき世をばかばかり御津《みつ》の浜辺にて涙に名残《なご》りありやとぞ見し

（つらい世の中をこれくらい見てくればもうたくさんなのに、御津の浜ではまだ涙になごりがあることを知りました）

と書いて、

「これをまだ御覧にならないうちに、そのまま置いてすぐ帰っておいで」

と言いつけておいたら、やがて、そのとおりしたと言って使いは帰って来た。もしかしたら見たようすもあろうかと心待ちしていたが、なんの手ごたえもなく、月末になってしまった。先ごろつれづれなままに庭の草なぞに手入れをしたとき、たくさん稲の若苗の生長したのを取り集めさせて、家の軒先に植えさせたのが、おもしろくふくらんできたので、水など気をつけてやらせたが、このごろ色づいた葉がしおれて立っているのを、悲しくなって見て詠《よ》んだ。

稲妻の光だに来ぬ屋がくれは軒端の苗ももの思ふらし

（稲妻の光も届かぬ家の軒端では、苗も苦しくもの思いがちらしい）

貞観殿《じょうがんでん》の御方は、一昨年尚侍《ないしのかみ》におなりになった。ふしぎなことに、こんな仲になった私のことをたずねてくださらないのは、夫と仲たがいされたので、私をもうとんじていらっしゃるのかと思い、またこのようにことのほかこじれている私たちの間のこともお知りにならないかと、御文をさしあげたついでに、

ささがにの今はと限る筋にてもかくてはしばし絶えじとぞ思ふ

（くもの糸のように切れそうになった仲でも、そのまま絶えてしまいたくはございません）

と、申しあげた。返事にはなにかと身にしむことをたくさんお書きになって、

絶えきとも聞くぞ悲しき年月をいかにかき来《こ》し蜘蛛《くも》ならなくに

（蜘蛛ではないが、ずいぶん長いこと信じ合って来たのですから、仲が絶えたなぞと聞くのは悲しいことです）

これを見るにつけても、あの方はちゃんとごぞんじだったんだなど思い、いっそう悲しくなってながめ暮らしていると、夫から思い出したように文が来た。「手紙をやっても返事がなく、とりつきようもないので遠慮されて、……今日でも行こうと思うが」なぞと書いてあった。侍女のだれかがすすめるので、返事を書いているうちに日が暮れてしまった。そして返事を持って行った者がまだ行き着かないと思う時分に、ご本人が見えた。人々が、

「やっぱり何かわけがおありでしょう。知らん顔をしてようすをごらんなさいまし」などいうので、私はじっとがまんしていた。

「物忌ばかりつづくのでね。すっかり絶えてしまうなんてつもりはないんだが、お前が何かひがんできげんを悪くしているのがふしぎなんだ」などと平然としていて、上きげんなので、腹が立った。

翌朝早く、

「用事があるんでね、明日明後日のうちにまた」など言って帰るのだ。ほんとうとは思わないが、人は考え直したもののように取るかもしれない。あるいはもしかしたら今度だけこんな態度なのかしらとようすを見ていると、しだいにまた沙汰のない日数が過ぎていった。思ったとおりだと納得《なっとく》がいったにしても、前よりはいっそうつら

くなるばかりだった。つくづく思いつづけることは、いっそ死んでしまいたいということなのだが、ただたった一人の子どものことを思うと、未練が断てなかった。これを一人前にしっかりした女と結婚させてしまえば、ずいぶん安心できると思っていたが、いま私の亡《な》きあとどんな気もちで落ちぶれた生活をするかをおもえば、やはりたやすくは死ねなかった。

「どうだろうか、容《かたち》を変えてこの世の中を離れたいんだが」

と話しかけてみると、まだ深くものを考える年ごろでもないのに、急にしゃくり上げて泣いた。

「そうおなりになるなら、私も僧侶《そうりょ》になってしまいましょう。この世に交じっていてもなんにもならない……」

と、ひどく泣き出したから、私もたまらなくなったが、やっと気を取り直して冗談に紛らわしていった。

「それじゃ鷹《たか》が飼えなくなって、どうするの」

すると、道綱は静かに立って行って、つないであった鷹をぷっつり切り、逃がしてやった。はたで見る人も同じ悲しみを持ったが、まして私はじっとしていられない気もちだった。

あらそへば思ひにわぶる天《あま》ぐもに先づそる鷹ぞ悲しかりける

（思い悩んで尼になろうとすると、子どもがまず鷹を逃がして出家の決心を示したのは、思いがけないことであった）

こんな気もちで思い沈んでいたら、日の暮れるころあの人から文《ふみ》が来た。何もかもまったくのそらごとだろうと思えるので、

「ただ今は気分が悪くて、いずれ後ほどに」

とだけ言って、使いを帰した。

七月も十日になり、世間では盆の準備にいそがしかった。あの人は幾年来、母の盆供養のことだけは親切に見てくれたが、今年はどうなるのかわからない、二人の仲も離《か》れてしまったのかと、亡き人も悲しく思っていることだろう、しばらくなりゆきを見てから仏の供え物も用意しようなぞと、しめりがちに思いつづけていたら、意外にも、例年のとおり調《ととの》えて来て、文を添えて届けられた。私はすぐに、

「亡き人をお忘れにならなかったと思いますにつけ、私の身はこの歌のなかにございます。『惜しからで悲しきもの（惜しからで悲しきものは身なりけり憂世《うきよ》そむかむか

たを知らねば―『後撰集』、貫之)』」

と書いて届けた。しかし、とかくしているうちにも、やはりあの人の心意のほどがふにおちなかった。珍しい人に心が移ったわけでもないらしいのに、急にようすが変わってしまったのはなぜだろうと思いつづけていると、気心のわかった人が、

「お亡くなりになった小野の宮の大臣(実頼)のお側女《そばめ》の人たちがいる。これを思いかけているのではなかろうか、近江《おうみ》という女があやしい」

などと言って、

「浮気《うわき》っぽい人のようだから、まだこちらに通っていることを知らせまいとして、あらかじめ関係を断っておこうとするんでしょう」

そんな話だった。そばで聞いている人が、

「いや、そんなことをしなくても、あの人たちは気がねのいらない人だそうだから、わざわざそんな手数なんていらないでしょう」

などと言うのだ。

「もしかしたら、相手は先帝(村上)の御子《みこ》たちじゃないかしら」

と疑う者もあった。

「とにかく、こんなに変わるのを、入る日を眺めるような気もちであきらめていら

っしゃるのはいけませせぬ、あっちこっちお詣りでもなさったら気もはれるでしょうに」

考えてみれば、明けても暮れても、同じことばかり言い嘆いているので、ほんとにこの暑いときだけでもそんなことから離れてみたかった。ある日、石山に、十日ばかり、と急に思い立った。

微行だったので、兄妹にも知らせず、自分だけでしたくを調え、夜あけ方に小人数で出かけたが、加茂川のあたりで、どうして聞いたのか、追いかけて来た人もあった。有明《ありあけ》の月はたいへん明るいが、会う人もないくらいだった。河原《かわら》には死人が横たわっているのを見かけたりするが、ふしぎに恐ろしくない。粟田山のあたりに着いて、なんだか苦しいので一息入れていると、頭が混乱しているのか前後の考えもなく、なみだぐまれてきた。人目もはずかしいのでそれを紛らわして、ただ急ぎ足に進んで行った。山科《やましな》で夜が明けはなれると、あまりにむき出しな旅姿が気になってきて、ふと妙に自他の区別を感じないように茫然《ぼうぜん》としてくるのがふしぎだった。人はみなおくらせたり先に立たしたりして、一人でしょんぼり歩いていくと、会う人見る人ごとに私をふしぎに思って、ささやき合っているのがわびしかった。やっとの思いで、行き過ぎ、関の走り井でお弁当を食べるというので、幕を引き回して用意していると、大声で騒がしくやって来る者があった。どうしようだれだろう、供の者を見知っている人があるかもしれない、たいへんだと思っているうち、馬に乗った者がおおぜい、車を二つ三つうしろに従えて人もなげに騒いで来た。「若狭守《わかさのかみ》の車です」とだれかがいった。立ち止まりもしないで通り過ぎるので、ほっと安心したのだが、考えてみれば、めいめい身分相応に満足そうに通り過ぎて行くものだ。それにしてもいつも権門《けんもん》の前ではいつくばっている国守《くにのかみ》のような低い身分の者が、なんと大いばりで歩いて行くことだろうと、わが身に引きくらべて胸が痛むほどだった。若狭守の下人《げにん》たちの、車の口についているのも、そうでないのも、一様にこの幕のそば近くに寄って来て、水浴びをしたりして騒いでいた。そのふるまいの無作法なことはたとえようもない。私の供の者が見かねて言った。

「もっと向こうに行くように」

「いつも往来の人がだれでも立ち寄る所ではないか。何かいけないことがあるのか」

なぞと口返答をするのを見るのは、あさましかった。ようやくやり過ごして行くと、逢坂の関も越えて、打出の浜に死にそうになって到着した。そこで先立って来た人が舟に菰屋形《こもやかた》を張って、用意していた。疲れきってものも覚えずそれにはい乗ると、すぐにはるばると湖上に出た。その気もちは、わびしいとも苦しいとも悲しいとも名状しがたいものであった。夕方六時近くになり、石山寺の中に到着した。斎屋《ゆや》に敷物を敷いておいたので、行ってやすんだ。気分がなんともいえず苦しく、泣きながら寝ていた。夜になってから湯をつかって御堂に昇った。さて身のいまのありさまを仏に訴えるにしても、思うことがからみ合ってよう言えなかった。夜がふけて外の方をながめていると、このお堂は高く下の方は谷間と見えた。そして片方の崖《がけ》にはほの暗く、木が生《お》い茂って、二十日《はつか》の月が明るいのだが、木陰にその光がさえぎられていた。ところどころ、先刻来た方向が見渡され、山の麓《ふもと》の泉が小さいかがみのように光っていた。なお勾欄《こうらん》に寄りかかってしばらく見つめていると、片がわの崖の中でかさこそとうごめいたものがふしぎな声で鳴くので、なんだろうかと尋ねると、鹿《しか》の声だというのだった。どうしていつもの声で鳴かないのかと思っていると、少し離れた谷の方から、若々しい声で長く尾を引いて鳴いた。聞いていてほんとにあくがれて行くようないい気もちだった。しばらく心をこめてお祈りをして、また何も感じられない境地になったが、ふと気づくと、向こうの山のかなたあたりで、田守の何かを追う声が、殺風景に情けなく聞こえてきた。どうしてこう何から何まで悩ましいことが多いのだろうと、しまいには自分ながらあきれていた。

明け方までつづく後夜《ごや》の勤行《ごんぎょう》も終わったので、お堂をおりた。からだがくたびれきっていたので、すぐ斎屋《ゆや》にはいった。

見ていると、夜が明けるにつれて、東の方は風がのどかに吹いて、霧が立ちこめている。対岸はまるで絵のように見え、川辺に放牧の馬が餌をあさって歩くのが、はるかに目にしみて哀れだった。今度はたった一人の道綱さえ人目をはばかり連れないで来たのだから、離れて出て来たついでに、死ぬ計画をしておこうとも思うが、やはりこの子のきずなに引かれて、すすり泣けてしようがなかった。

「うしろの方の池に、しぶきというものがはえています」

とだれかが言ってきた。

「採っていらっしゃい」というと、すぐ持って来た。食器に取り合わせて柚子《ゆず》を切って汁をかけて食べたら、おいしかった。そして夜になると、また御堂《みどう》に寄って、いろいろ祈り泣き明かして、明け方近くまどろんだ中に、この寺の別当と思われる法師が、ちょうしに水を入れて持って来て、私の右膝《ひざ》に注ぎかける夢を見た。ふとさめて、仏がこの夢を見せてくださったと思うと、何かもの悲しく哀れに思え、夜が明けたというので、すぐに御堂から降りた。まだ周囲は暗いが、長く湖の面が白く見渡されて、これから自分たちが乗ろうという舟が岸辺に片寄せてあるのが見おろされた。今度は微行であるにしてもやはり二十人ほどの人数なので、あれに乗るのかと思うと、風景に交じりこむ心細い感じだった。御燈明をあげさせた僧が、見送ると言って、岸に出ていたが、私の舟はただずんずんこぎ出して行ったので、さびしそうにつっ立っている僧の姿を見返ると、その人も見慣れたこんな寺に残っていて、さびしいこともあるだろうと思いやられるのであった。男たちが、

「やがて来年の七月にはまたお連れ申します」と呼びかけると、

「お待ちしています」

と答えて、遠のくにつれその姿が薄らいでゆくのも心に残った。月は細く、影は湖上に映っている。風が吹きだして湖の面は波立ってきた。若い男たちが、「声はほっそりと、面《かお》もやせ」という俗謡を歌い出したので、さそわれて瞼《まぶた》が何度も合わされた。いかが崎《さき》、山吹《やまぶき》の崎などという所々を見過ごして、蘆《あし》の中をこいで行った。まだはっきりとは見えないが、はるかに楫《かじ》の音が聞こえてきて、心にくく歌いながら来る舟があった。

「どこのだ」

「石山へ人をお迎えにまいります」

と答えた。その声も哀れに聞こえる。命じておいたのだが、迎えに来るのが遅れたので、私たちは石山の舟をやとって出て来たから、行き違いになるところだった。その

舟を止めて、男たちは半分だけ乗り移って行き、思うぞんぶん歌いながら進んで行った。瀬田の橋に行きかかるころ、ほのぼのと夜が明けてきた。ふと見ると千鳥が、飛びちがっている。かぎりもなく身にしみたながめだった。さてもとの打出の浜辺に着くと、迎えの車が出て来ていて、すぐにたち、京には十時ごろに到着した。家にはだれかれが集まって、

「世の果てまで行ってしまわれたのかなぞ言って大騒ぎいたしました」

など言うから、

「それはそうしてもいいんだけれど、今はまだそんなことができる身の上でもない」

などと答えた。

朝廷では七月の相撲《すまい》の節会《せちえ》のころである。道綱が拝観したそうにしているので、装束をつけさせて出してやった。まず殿のところへ行かせたが、あまりかまってもらえず、夕暮れにはこちらへ帰って来る適当な人の、車のうしろに乗せて送らせて来られた。あちらの女のところへ行ったらしいようすなのも、ましてあさましかった。翌日も道綱は参内《さんだい》したが、めんどうもみられず、夜は「蔵人所《くろうどどころ》の雑色《ぞうしき》のだれかがこの子を送って行け」と命じられて、自分は先に立って帰ってしまったので、子ども心には一人で退出しながら心中どう思ったのだろうか。いつもならいっしょに帰れるのにと、

元気のないようすで家にはいって来るのを見ると、どうしようもないほど私はつらかったが、それを言ってみたところでなんのかいもなく、自分の身一つをさいなむ思いであった。

八月になった。そして二日の夕方、急にあの人が見えた。ふしぎなことだと思っていると、

「明日は物忌《ものいみ》だから、門をしっかり閉じさせておけ」

などと言いちらした。私だってあきれるばかりで、胸もわくわくするような気がするが、侍女のだれかれが寄ってきて、「がまんなさいまし」と耳を押えるまねまでして、大騒ぎをして気を紛らせてくれるので、自分だけばかみたいにぼんやりあの人と向い合ってすわっていた。すっかり気力がつきてしまったように見えたであろう。翌日も終日いて、

「私の心はちっとも変わらないのだが、おまえが悪くばかり取るものだから」

そんなことを言うのだが、この人を相手に何を言うかいがあるだろうか。

五日の日は任官式で、夫は右近衛《うこんえ》の大将《だいしょう》にまでいっそう累進して、たいへんけっこうだった。それから後は今までよりは少ししばしばたずねて来た。

「今度の大嘗会《だいじょうえ》には、道綱の叙爵《じょしゃく》を、上皇様(冷泉)にお願いしよう。それまでにこ

の子に元服《げんぷく》させよう、十日の日にね」

と決めてしまった。儀式は先例どおりであるが、加冠の役は源氏の大納言《だいなごん》(源兼明)がつとめてくださった。式が終わってこの日は方角がふさがっていたが、夜がふけていたので、夫はここで泊まっていった。こんなこともうれしかったが、なぜか二人の仲も、もうこれが最後になるのではないかと、私は思い始めていたのだった。

九月も十月も同じありさまで過ぎてしまった。世間では、大嘗会の御禊《ごけい》があるといって騒いでいる。私も他人《ひと》と同じく行幸を見物するため桟敷《さじき》を取って行ってみると、天皇の御輿《みこし》のそば近く、夫がはなばなしい右大将の正装で従って行くのが、つらいとは思いながら、目もくらむばかりりっぱだった。ふとだれかが私を見つけて、「ああやっぱり他の人よりはすぐれていらっしゃる、惜しいことだ」などささやき合っているのを聞くと、ほんとにどうしていいか、困ってしまった。

十一月になると、いよいよ大嘗会なので、みな忙しいはずだったが、わりにしばしばたずねてくださるようだった。子どもが元服したばかりで、まだ心もとなく思う気もちも手つだって、いろいろ世話をしてくださるので、こちらもあわただしかった。

「今日は行幸のお供をして参内するはずだったが、夜がふけたので、病気のふりをして退出して来た。……明日はこの子の装束を着かえさせて連れて行こう」

など言ってくれるので、私もいささか昔の気もちを取り戻していた。翌朝、

「供に歩かせる男たちが来ないようだが、あちらで用意しよう。……装束をつけておいで」

と言って、いっしょに家を出られた。

やがて従五位の下に叙せられた道綱が、あちらこちらお礼回りに歩くのも、私は身にしみてうれしかった。

それからのち例の物忌ということだった。二十二日には、ちょっと申しわけに立ち寄ると言ってよこしたので、いらっしゃるかと待っているうち、むなしく夜もたいそうふけてしまった。気がかりに思っていた道綱も、ただ一人退出して来たので、胸もかなしいほどあきれたが、

「ただ今あちらへお帰りになりました」

という話なので、この深夜に、もし昔のままのお気もちだったら、こんななさり方があろうかと情けなかった。それから後も消息がなかった。

十二月になって、七日の昼ころちょっと顔を見せた。今は少しこちらが気はずかしいような気がするので、几帳《きちょう》を引き寄せ、よそよそしいようすを見せたので、

「もう日が暮れてしまった。宮中からお召しがあったのだ」

などと言って出て行ってしまった。そのまま訪れがなく、十七、八日になってしまった。その日の昼ごろから雨がひどくぱらついてきて、しみじみとさびしく降りつづいた。まして私には、もしやと思うような心当てももう絶えてしまったのだ。それも昔のことを思うと、私の性格のためばかりではあるまい、あの人の心の本性でもあったのだろうか。以前はどんな雨風にも妨げられない習慣だったのに。今になって思い出すと、昔も私はやはり気をゆるせないでいたのだから、これは私の心があまりかかってすぎたせいなんだろう。こんな結果にはなるまいと心がけていたはずなのに、もうなんの望みも持てなくなってしまったと、終日庭をながめつつ考えていた。雨脚《あまあし》は同じようで、やがて灯をともすころとなってから、南側の部屋《へや》に、このごろ妹のところへ通って来る人があった。それらしい足音がするので、

「やっぱりそうだ。ああよくいらしたものだ」

と、妙にたかぶる自分の心を押えて言うと、年来そばに仕えている侍女が言った。

「これ以上の雨風にだって、昔は殿がお妨げられになったことはございませんでしたのに」

その言葉についまたせつなく、なみだぐんでしまった。

思ひせく胸のほむらはつれなくて涙をわかすものにざりける
（悲しいことをせっかく押えようとしているのに、胸のおもいはただにむせぶばかりに涙をさそうてくるのだ）

とくり返し口ずさんでいるうち、その夜は寝所にもはいらないで、明かした。その月、それでも三度ばかり訪れて来て、年は越えてしまった。そのほどの行事は、なにかと例年なみに過ごしたが、書き止めるほどのことでもなかった。

年ごろのことを思えば、今年はどうしたのであろうか、今までは元日に訪れないでしまうことはなかったのだ。やはり今年の春もそうだろうと、私は心待ちしていた。午後二時ごろに前駆《さきぶ》触れを大声で追って来る。さあいらっしゃった、と人々が騒いでいるうちに、ふと通り過ぎて行った。急ぎの用があるんだろうと思い返したが、夜になってもそのままで終わった。

翌朝、こちらへ縫い物を取りによこしたついでに、

「昨日の前渡りは、日が暮れてしまったので寄れなかった」

など書いて来たのに、返事をする気にもなれないが、年の始めに腹立初《ぞ》めをなさいま

すな、とそばの者が言うから、少しひねくれて書いた。このように心中おだやかでなく思っていると、

「こちらのおもいどおり近江《おうみ》に御文を通わせている。たぶんそんな関係になったんだろう」

と世間でももっぱらの噂《うわさ》となり、釈然としない気もちだったが、それも二日も三日も過ぎてしまった。三日の午後四時ごろに、この間よりはいっそういかめしく前駆《さき》を追って来るので、「いらっしゃいます、いらっしゃいます」と皆が言いつづけるが、きっと先日のようなことだろう、いたたまらないことだと思いつつ、やはり胸がどきどきする。近くなったので、ここの男たちが中門をおし開いてひざまずいて迎えるのに、むぞうさに通り過ぎてしまった。今日はましてどんな気もちがするか想像してもいただきたい。翌日は右大臣家(伊尹《これただ》)の大饗《だいきょう》があって大騒ぎだった。たいそう近いお邸《やしき》なので、今夜はそれでももしかしたらと、待ってみようと人知れず思った。車の音がするたびに動悸《どうき》がはげしくなるのだが、夜もふけて、今度はみな帰る音が聞こえてきた。門の前を幾組か牛を追いつつ行くのを、通り過ぎてしまったと聞くたびに、心が妙にそわそわした。そして、とうとういっとう最後まで聞き耳を立てていて、むだだったので、もうものを思う気力もなくなって、ひっそりとすわっていた。

ある日また朝早く、捨ててもおかないで文が来た。返事はしない。また二日ほどたって、

「私の怠慢ではあるが、たいへん忙しいころなので。今夜行こうと思うが、どうだろうか。……こわいのでね」

と言って来た。

「気分が悪いので、御返事できません」

と言ってやらせて、あきらめていたら、平気な顔をしてやって来られた。あきれていると、何のこだわりもなく戯れかかるので、憎らしくなって、長い月日辛抱していたことを言い出すと、なんとも一言も返事をしないで空寝入《そらねい》りをしている。聞きながら寝入ったのが、ふと目をさましたというふりをして、

「どうしたの、もう寝たのかね」

と笑って言い、きまりが悪いほどふざけるが、私は木のようにおし黙っていたので、朝早くものも言わないで帰って行った。

それから後も、むりに平気な顔をして、例のように張り物や縫い物をよこすのも憎らしく、断わって返してやったりして、たよりの絶えたまま二十日あまりになってしまった。「百千鳥《ももちどり》さへづる春は物毎に改れどもわれはふり行く(『古今集』)」とでも言い

たいようなうららかな春の日、鶯の声を聞くにも、涙はさそわれがちだった。

二月の十余日《とおかあまり》になった。噂に聞く近江のところに、十晩も通ったと、人はさまざまな噂を立てていた。何をすることもなくつれづれと暮らしているうちに、彼岸《ひがん》にはいったので、このままでいるよりはいっそ精進《しょうじん》をしようと、帳台に敷く上莚《うわむしろ》を、普通の莚の清潔なのに敷き替えさせて、塵《ちり》を払ったりするのを見ていると、こんなことは思いもかけなかったのにと、ふとうれいが感じられ歌を作った。

うち払ふ塵のみ積もるさむしろも嘆く数にはしかじとぞ思ふ
（塵ばかり積もるむしろだが、その塵の数も私の嘆きの数にはとても及ばない）

これからすぐに長精進をして山寺に籠《こも》ろうと思うが、もしできるなら、なんとかして世間の人と交際の絶ちやすい尼になってしまえたら、と思い立ってみたが、

「精進というものは、秋ごろからするのがいちばんぴったりするものです」

と人々が言い、ほうっておくこともできない妹の出産のこともあるので、これをすませてからと、来月を待つことにした。それにしても、万事にこの世のことをつまらなく思っている身なのだが、去年の春、人に呉竹《くれたけ》を植えたいからと頼んでおいたのを、

このころになって、さし上げましょうといって来た。

「いいえ、もう生き長らえられそうもないのに、あさはかなことをし残さないでゆきましょう」

と答えたら、

「狭い御量見でいらっしゃいますね。行基菩薩《ぎょうきぼさつ》は将来の人のために、実のなる木をお植えになったじゃございませんか」

などと言って掘らせてよこした。呉竹のかげに心細げに私が住んでいた所だと、後に心ある人は見てくれるだろうかと、それを植えさせつつも、胸迫るようであった。二日ほどして、雨がひどく降って、東風《こち》がはげしく吹き、一本二本と傾いてしまったが、なんとか直させよう、雨間ができればいいと思っていると、歌ができた。


なびくかな思はぬかたに呉竹の浮世の末はかくこそありけれ

（呉竹は風を受けて意外な方に傾いてしまった。浮世の成り行きも時にはこんなふうなことであろう）

今日は二十四日、雨脚はのどかで、しみじみと降っている。夕方になって、珍しくあの人から手紙が来た。

「たいそう恐ろしいごようすなので、こわくて日ごろ過ごしてしまった」なぞと書いてある。返事はしなかった。二十五日もなお雨がやまず、退屈で、「時しもあれ花のさかりにつらければ思はぬ山に入りやしなまし(『後撰集』、朝忠)」という歌を思い浮かべ、ほんとに思いがけない山へでもはいってしまいたいと思っていると、尽きないものはうれいばかりであった。

降る雨の脚とも落つる涙かなこまかにものを思ひくだけば

(心をこまごまとなやますので、降る雨のように涙が落ちてまいります)

今は三月の末になってしまった。いかにもつれづれに堪えられなくなり、方違《かたたが》えのついでに、しばらくよそへと思って、父の邸へ行くことになった。気にかかっていた出産のことも終わっておちついたので、いよいよ長い精進を始めようと思い立って、まだ自邸で準備を整えていたら、

「勘当《かんどう》はまだ許されませんか。もしよかったら夕方行きたいんですが」

と夫からたよりがあった。みんなが、

「こんなに浮気をさせはなしなのはいけませせぬ。やはり今度だけでも御返事を。失礼ですから」

というので、ただ、

「幾月もお目にかからないのに、ふしぎですこと」

とだけ書いた。まさか来ることはあるまいと思うので、急いで移って行った。うっちゃっておけばいいと思っていると、夜ふけてそちらへ見えたのだった。いつものように腹の立つことも多いが、狭い家で人騒がしい場所なので、息もすなおにできず、胸に手を置いたような苦しい気もちで明かした。翌朝早く、あれやこれやとしなければならぬことがあると言って、急いで帰ったのを、そのままにしておけばよいことを、また今日来るか今日来るかと愚かにも気にして待ち、音沙汰もなく四月になった。

ここは夫の邸とあまり離れていない場所なので（原文に短い脱文あり）、

「御門の所に車が立てかけてあります。こちらへいらっしゃるのかもしれません」

などおちつかないようすで言う人があるのも苦しく、前よりいっそう心を切りくだかれるようだった。返事をせよせよとすすめる人がそばにいることさえうとましかった。

四月の一日、道綱を呼んで、

「長い精進を始めます。いっしょにあなたもしなさい」

と言って長精進を始めた。しかし私は初めから大げさなことを避け、ただ土器《かわらけ》に香《こう》を盛って脇息《きょうそく》の上に置き、そのまま寄りかかって仏を祈念申しあげた。その心もちは、

「ただ私はこのうえもなく不幸な身の上にございます。幾年この方少しも心の安らかなこともなく悩みつづけてまいりましたが、とうとうこんなにひどい境遇になってしまいました。早く死なせてくださって菩提《ぼだい》の道にはいらせてくださいませ」

とくり返し勤行《ごんぎょう》をするが、ほろほろとこぼれる涙を押えがたい。思い出してみれば、この節《せつ》は流行のように女も数珠《ずず》をさげ、経を手にしないものはないと聞いたとき、尼姿をじまんしているみたいな話で、そんな者こそ早くやもめになるとかいう話だ、なぞと憎まれ口をきいた昔の気もちは、どこへ行ってしまったんだろう。夜の明け暮れるのも不安で、心当てもないのに、暇もないほどお勤めに精を出していると、昔そんなことを言うのを聞いた人たちは、この私をどんなに愚かな人間だと思うことだろうか。自分たちがたよりにもならない夫婦の仲だったのに、なぜそんなことを言ったのだと思い、仏のお勤めをしていると、片時もなみだぐまないときはなかった。人に見られるのも面目なくはずかしいので、涙をかくしかくし日夜を過ごしていた。二十日ほど勤行を続けた日の夢に、自分の髪をなでおろして切り、額を分けて尼姿になったと見た。夢の善《よ》し悪《あ》しはわからなかった。また七、八日して、私の腹の中を蛇が歩き

回って肝《きも》を食べるが、これをなおす方法は、顔に水を注ぐのがよいという夢見であった。これも悪いか善いか知らないが、ここに書き止めておくことは、こんな私の身のなりゆく果てを見聞く人が、行く末夢や仏を信ずべきか否かを判定してもらいたいためなのである。

五月になった。自邸でるすをしている侍女から、

「おいでにならなくても、菖蒲《しょうぶ》を葺《ふ》かなくては不吉だと思いますが、どういたしましょう」

と言って来た。何をいまさら不吉なことがあろうか、

世の中にあるわが身かはわびぬればさらにあやめも知られざりけり

（私はもう世の中を捨てた身で、すっかり落ちぶれているのだから、あやめを葺いてよいのか悪いのか、何もわきまえません）

と言ってやりたいのだが、適当な使いがないので、心の中に思うだけでその日も暮らした。

長い精進もこうして終わったので、そこを引き上げて旧《もと》の住居に帰った。しかしい

ぜんとして退屈な生活だった。長雨の季節になったので、庭の草がおい茂っているのを、お勤めの合い間に掘り起こして、根を分けさせたりした。

そんなある日、あきれたあの人が、うちの門前を、例のとおりはでやかに前駆《さき》を追わして通って行った。私がお勤めにじいっと専念していると、

「いらっしゃいます、いらっしゃいます」と侍女たちが騒ぐので、またいつものようなことだろうと、胸がどきどきしてきたが、何事もなく行き過ぎてしまった。皆はただ顔を見合わせていた。私としてはなおさら言葉もなく、二時《ふたとき》も三時もそのまま黙ってすわっていた。召使の中には、

「ほんとにふしぎですこと、どうした殿《との》のお心でしょうか」

と嘆いている者もいたので、やっと心をしずめて、

「くやしいことに、人に妨げられて、いままでこんな日陰の生活を送って、そのうえこんな目に会うなぞとは、……」

とだけ言ったが、もう先はいえず、胸がたとえようもなく痛んできた。

六月の一日に、

「御物忌《ものいみ》の最中ですが、閉ざした門の下からそっと」

と言って、珍しくあの人の文があった。ふしぎなことだと思って見ると、

「もうそちらの精進は終わったことと思うが、いつまでそんな所に滞在しているのか。何かさしつかえがありそうなので行くのを遠慮していた。参詣《さんけい》のことはけがれができたのでやめにした」

などと書いてあった。私が自邸にもどっていることを聞かないはずはない、わざととぼけているようでおもしろくないが、やっとしんぼうして返事を書いた。

「あまり珍しいおたよりで、なんのことか思い当たらないほどでした。ここへ帰ってもうだいぶたちましたが、ほんとにあなたはそんなにどうしてお気づきになりましょう。それはそれとして、このごろは以前と違った思いがけない所へたびたびお通いとかで、……すべて今まで生き長らえてきた私の身の罪ですから、何も申しあげません」

そして、考えてみれば、わずかに思い出すようなことを、こうして続けているのも愉快ではないし、このままでは先日のようにくやしいことばかりくり返されることだろうから、やはりしばらく身を引こうと思い立った。

「西山にいつもお籠《こも》りする寺がある。そちらへ行こう。あの人の物忌の終わらない間に」

というので、四日の日に出発することにした。あちらの物忌も今日が終わる日らしいので、心あわただしく準備をしていると、上莚《うわむしろ》の下に、飲みにくい薬を畳紙《たとうがみ》の中にはさんであったのが、ふと出てきた。先にこの家を出たとき忘れて行ったのが、帰るまでそのままになっていたのだ。召使たちが見つけて、これはなんでしょうと言うのを取って、すぐその場で畳紙にこう書いた。

さむしろの下待つことも絶えぬれば置かむかただになきぞ悲しき
（心あてにして待つこともも う絶えてしまったから、わが身の置き所さえなくなってしまったのが悲しい）

それに手紙を添えて、

「『身の姿を変えてしまわなければ、（いづくへも身をし変へねば雲かかる山ふみしてもとはれざりける──『藤原仲文集』）』という歌がありますが、あなたが門前をお渡りにならない場所はないものかと思い、今日出かけます。これもへんな問わず語りになってしまいましたが」

と書き、道綱が、

「ひたすら家にお籠りでしょうから、ごきげん伺いにまいります」

とついでがあったのに、ことづけた。

「もし私のことをおたずねになったら、これだけ書きおいて、とっくにお出かけになりました。自分もあとからすぐ行かなければなりませんからと申しあげなさい」

と言って持たせてやった。その文を見て、何か心あわただしく思われたのだろうか、返事には、

「すべてもっともなことではあるが、まず行く先はどこなのか。暑いころで勤行には不適当だと思うが、今度だけは言うことを聞いて思いとどまったらどうなのか。相談もあるからこれからすぐに行く」

とあって、歌がついていた。

あさましやのどかにたのむ床《とこ》のうらをうちかへしける波の心よ

（お前をいつも、のんびりと休むことのできる所だと思ってたよりにしていたのに、どこかへ行ってしまうなんて、まったく意外だ）

「ほんとに情《つれ》ないことだと思っている」

とあったので、ますます大急ぎで用意をして、家を出た。

山路はべつに取り立てて見どころもないのだが、昔いっしょにときどきこの道を来たことを思うと、あわれだった。また二、三日も滞在したことがあったのも、ちょうどこんな季節だった。あのころは、あの人は宮仕えを怠って、いっしょに籠っていたのだと思い出しながら、はるかに続く山道も悩んでたどたどしかった。供の者を三人ばかり連れて、もの思いにふけりながら西山道を登って行った。鳴滝《なるたき》の般若寺《はんにゃじ》に着くと、まず僧坊におりて行って、外の風景を見ていると、前方に生垣《いけがき》を結い渡して、まだ名も知らぬ草がおい茂っている中に、牡丹《ぼたん》がなんとなくたよりなさそうに花も散り果てて立っていた、「時が来れば散るものだ」ということが、くり返し思い出された。湯などつかってからだを清めてから、御堂《みどう》にと思っていると、自家から取り急いだふうで使いが登って来た。留守居《るすい》からの文があった。

「ただ今殿からの使いがまいりました。『しかじかのことで家を出られるのだが、とにかくまいってお止め申せ。今すぐにこちらへおいでになります』と申しますから、こちらはありのままに『もはやお出かけになりました。供のだれかれもあとを追ってまいりました』と言いますと、『どんなお考えから山へ行かれたのかと、御心配になっていらっしゃるのに、どうしてそんなことが申しあげられよう』と申しますので、この幾月来のごようすや精進のことなぞ話しましたところ、泣き出して、『とにかく帰ってさっそく申しあげましょう』と言って急いで本邸へ帰りました。それでもちろんそちらへ御消息があると思いますが、その御用意をなさってください」

など書いてあった。いやなことだ、なんて単純な考えから話を大げさにしてしまったんだろう。月のさわりにでもなれば、明日明後日《あすあさって》にも山を出ようと思っているのに、ほんとにものものしいことになってしまったと思いつつ、お湯のことを急がせて堂に上がった。暑いのでしばらく戸をあけて見渡すと、この御堂はずいぶん高い所に立っている。周囲を山が取りかこんで、懐《ふところ》のようなところに、木立が茂っておもしろいが、今は闇夜《やみよ》のころなので暗かった。おりから初夜《そや》の勤行を行なうというので、法師たちが準備をしている。自分も戸をあけて念誦《ねんず》している間に、時刻は山寺らしくほら貝を四つ吹く十時になってしまった。すると、大門の方で、

「いらっしゃいます、いらっしゃいます」

と口々に言い騒ぐ声がするから、上げていた簾《すだれ》をおろして遠くを見やると、木の間に火が二つ三つ見えた。道綱がうやうやしく出迎えに行くと、車を立てたまま外に出ないで、

「お迎えにやって来たが、今日までけがれが続いているから降りることはできない、車をどこに寄せたらよかろう」

というので、急に私はもの狂おしい気分になってきた。

「どうお考えになって、こんなへんな御外出をなさるのでございます。今夜だけと思って山へ上がってまいったんですから、御物忌のこともまだ終わっていらっしゃらないのに、放埒《ほうらつ》なことに思います。早くお帰りください」

こんな返事をはじめとして、道綱に取り次ぎの往復をさせることがたび重なった。一町ほどの間、石段を登り降りするので、道綱はすっかり疲れてしまって、苦しがるほどになった。侍女たちは「ああお気の毒に」なぞと気の弱いことばかり言った。道綱はとうとう、

「『だいたいおまえがだらしないのだ。これくらいのことをうまくさばけないのは』などとごきげんが悪いんです」

と言って泣きだしてしまった。しかし、

「けっして、けっして、出たりなんかするものか」

と私が強く言い張ったので、

「よしよし、とにかく今日は不浄の身だから、泊まるわけにはゆかない、しかたがない、車に牛をつけよ」

と言われたと聞いて、ほっと安心した。道綱は私に向いて、

「お送りして参りましょう。お車の後ろに乗って帰ります。もう二度とこちらへは参りません」

と言って出て行った。この子をこんなにたよりにしている私に、ひどいことを言うものだと思ったが、黙り込んでいると、人々がみな出て行ってしまったと思うころ、しょんぼり戻って来た。

「お送りしようとしましたが、『おまえはこちらから呼んだ時に帰って来い』と言ってお帰りになりました」

と言って、またしくしく泣いている。かわいそうには思うが、

「まあおばかさんだね。おまえまでを父様が見捨てるはずがないじゃないの」

などと慰めた。時刻はいつの間にか午前二時になっていた。道のりはずいぶん遠い。

「お供の人数は急の間に合わせで、京の町中の御外出よりずっと少なかった」

と側の人たちが気の毒がっている間に夜は明けた。京へ使いを出すついでがあるので、人を出してやった。道綱も、

「昨夜のことがたいへん気がかりですから、御門の辺で安否を伺って来ましょう」

と言うので、それに託して文をつけた。

「驚くばかりぎょうぎょうしかった昨夜の御外出の帰りは、夜もふけてしまったこ

とどぞんじ上げましたので、ただあなたを無事お送りしてくださいと仏様にお祈りいたしました。それにしてもどんなお考えであんなことをなさったかと思うと、今はほんとにきまりが悪くなって、帰りにくくなったような気がいたします」

と細かに書き、端に、

「昔もいっしょに御覧になった道だと思いつつこの山を登って参りましたが、なんとも言えずなつかしく思いました。今はできるだけ早く帰りたいと思っています」

と書き添えて、苔《こけ》のついた松の枝につけてやった。明け方に見渡すと、霧とも雲ともつかぬものが一面に立ちこめて、山はもの恐ろしいようすだった。昼頃、京へ出かけた道綱が帰って来た。

「御外出だったので、お手紙は留守の男たちにあずけて来ました」

と言う。留守でなくっても、返事はなかったろうと思った。

昼は一日じゅう例の勤行につとめ、夜は本尊の仏を祈念し申しあげた。周囲は山なので、日中も人が見やしないかという心配はない。簾を巻きあげていると、季節はずれの鶯がしきりに鳴いて、立ち枯れの木に止まって、歌(梅の花見にこそ来つれ鶯のひとくひとくといとひしもゐる―『古今集』、誹諧歌)の文句にあるように、「人来《ひとく》人来《ひとく》」とせっかちに鳴くので、気がさして簾をおろしてしまいたくなるほどである。それも思いつめて心の調子が狂っているせいなのであろう。まもなく月のさわりにけがれたので、山を出ようと決めたのだが、京では皆、私が容《かたち》を変えて尼になったように評判を立てているので、かえってきまりの悪い感じがするだろうと思い、お堂から少し離れた建物にさがった。京から叔母が訪れて来た。

「ほんとに珍しい住まいなので、おちつかない気になります」

などと話し合って、いっしょに五、六日過ごすうちに、六月も半ばになった。木洩《こも》れ日《び》も涼しくあわれだった。山陰の暗がりに、蛍が驚くほどあざやかに照らしていた。実家にいて、昔だもの思いもうすかったころ、「二声と聞けるものではないのに(二声と聞くとはなしに時鳥《ほととぎす》夜深く目をもさましつるかな──『後撰集』、『拾遺集』、伊勢)」と腹立たしかった時鳥も、ここでは気をゆるしてしきりに鳴いている。水鶏《くいな》もついそこをたたくかと思うほど近くで鳴いている。思えばひどく心を悩ますことの多い住まいなのだ。といって、他人にしいられてしていることではないし、訪れてくれない人があっても、けっして情《つれ》ないなどと思うはずもないから、心は安らかである。ただこんな生活をしようと思いついた自分の宿縁だけが思われて悲しかった。そして日ごろの長精進を供にしてくれる道綱が、なんとなくたよりなさそうで、世話を見てくれる人もないまま、人中で芽を出すことも困難じゃないかしら、と気がかりだったし、今も松の葉めいた物ばかりの粗食を覚悟している私と、同じものを食べさせるので、それが食べにくそうなのを見るたびに、胸がいっそういたみ沈んだ。こうして日を送るのは一面たいそう気楽だったが、なにかにつけて涙もろくなることは、やっぱりつらかった。夕暮れの入相《いりあい》の鐘の音《ね》、ひぐらしの声、周囲の小さな寺々で、小さな鐘を、あちらこちらで打ち鳴らすのも、前方の丘にある神社に、法師たちが読経《どきょう》をささげる声を聞くにも、名状し難くあわれは深かった。こうして不浄の間は夜も昼も暇があったから、端近く出てながめていると、道綱が、「さあ中へおはいりなさい、おはいりなさい」というようすを始終見せるのは、私にもの思いを深くさせまいとするのであろうか。

「どうしてそんなことを言うの」

「ねむたくもありますし、なにか沈みがちなのです」

など問答して、

「一思いに死んでしまうはずの身を、おまえのことが心配で今まで生きて来たんだが、しかたがないから世間の人の噂のように尼になりましょうか。全然この世にいなくなるよりは、そうして生きてさえいたら、心ぼそくない程度に会いに来て、私をあわれなものと思って世話をしてください。こうして山寺にいっしょに籠るのも私だけはたいそうよかったと思うが、ただそまつなものばかりの御飯をあげるので、ひどくおやせになったのを見るのがつらいのです。私が姿を変えても、京にいる父様だけはお前を見捨てないで、力になってくださると思うが、それがいっこうあてにならないので、こんなに悩み続けるんですよ」

というと、返事もしないで、はげしくせきこんでいた。

やがて五日ほどでけがれも終わったので、また堂に昇った。そして幾日か同宿した叔母は、いったん京に帰って行った。その車の出て行くのを見やってつくづくと立っていると、木立の陰にしだいにかくれてゆくのは、もの寂しかった。ぼんやりながめていたら、上気したのであろうか、ふいに気分が悪くなって来て、たいへん苦しいので、山籠《ごも》りをしている僧侶を呼んで、加持祈禱《かじきとう》をさせた。夕暮れになってゆくころ、念誦声《ねんずごえ》で祈っているのを、ちょっと困ったことだと思って、じっと聞いていると、昔はこんなことがわが身にあろうとは思わないで、ぞっとするように寂しいことの例として無遠慮に絵に描き、またださまってもいられなくなってしゃべったりして、ああいやだたまらないと思ったことのようすに、今の自分の境遇が何一つ違っていないように思えるので、こうなるとは夢にも知らず、あのころはなんにもわかっていなかったんだと、思い思い臥していた。すると叔母がまた、今度は私の妹をつれて立ちもどって

来たのであった。はい寄るように近づくと、妹は、

「どんなごようすかと家《うち》でお祭ししていたよりも、山にはいってみればいっそう心ぼそそうですね。あなたのことばかり気になって、夜も寝《やす》めないくらいです」

と言って、すすり泣くのである。他人《ひと》のせいじゃなくこうしているんだから、なんでもないと私はがまんしているが、つい堪えられなくなってしまった。泣いたり笑ったりして、いろいろのことを一晩じゅう語り合って、一夜明けると、

「連れの叔母様に急ぐ用がありますので、今日は帰って、あとでまた参ります」

……いったいこうしてばかりは」

などとがめるようなことは言っても、たいへん心細げにしょんぼりと帰って行った。気分はそんなに悪くはないので、いつものように見送ってながめている時、また、

「いらっしゃる、いらっしゃる」

と大騒ぎをして、人が登って来た。たぶんそうではないかと推測していると、にぎやかに、京風の派手な男たちが、さまざまに着飾って、車二両に分乗して来た。馬に乗った者も多く引きつれ騒いでいる。本邸の家司《けいし》たちである。食料をつめた破籠《わりご》なぞもたくさん用意している。誦経《ずきょう》をして、寒々《さむざむ》と貧しそうな法師たちに、帷巾《かたびら》や布などをいろいろと配ってやって、物語りついでに言うのだった。

「だいたいわれわれは殿の御命令で参ったんです。『とやかくして連れに行ったが連れもどれなかった。また行ったところで同じだろう、おれが行ったんではと思うから、行くにも行けないのだ。おまえたち、のぼって行ってごきげんを伺って来い。法師たちにも経なぞお教えしてけしからぬと注意して来い』とおっしゃいました。こんな山住みばかりで、普通の人ならだれがおられましょう。世間で言ってるように、尼になっていらっしゃるなら、ともかくも細々とでもおられるでしょうが。こうして殿のお言葉のない時に、京の家にお帰りになっているのもばからしいでしょう。しかし殿はもう一度はお迎えにいらっしゃいましょう。その時ごいっしょに下山なさらなかったら、世間のもの笑いにされておしまいになります」

など、さも誇らしげに侍女たちを相手に言い騒いでいる時、

「西の京の御実家にお仕えする方々が、ここにいらっしゃって御不自由だろうと、これをさしあげるのです」

と言って、たくさんの贈り物が届けられた。山奥に引き籠っている者のために、はるばると届けられた格別の厚意につけても、私の身のつらさがまず思われるのだった。

夕影近くなったので、

「急ぐものですからむりにおつれ申しあげることもできませんが、気がかりではあ

り、……やはりよくはありませんね。いつお帰りともお思いにならないんですか」

ときくから、

「ただ今はちっとも考えておりません。出るべき時がありましたら、やがて下山しましょう。退屈しのぎのことですから」

など答えたが、結局は下山するにしても、やはりやれるだけは山籠りを続けてみようと思った。私が尼になる決心でもするかと思って、何かためにする人たちが、山から出すまいために、いろんなことを言わせるらしく、実家でもどんなことをしようとするのかと思うので、

「こうしていられる間だけはいたいと思うのです」

と言うと、

「それではいつまでと決めていらっしゃらないんですね。あなた様はとにかく、何よりこの若君がこんな気の向かない精進をしていらっしゃるのがかわいそうです」

と、嘆きながら車に乗るのであった。ここにいる侍女たちが見送りに出ると、

「あなた方もみな殿からきつ いおしかりを受けますよ。よく申しあげて早く山からお出し申しあげなさい」

などと言い散らして帰って行った。そのなごりは、なぜかまたとなくさびしいものだ

った。私以外の者は皆ほとんど泣きだしてしまいそうなようすをしていた。

こうして世間の人から、思い思いにああだこうだと言われるが、私の心はもう平気だった。いいにつけ悪いにつけ私の考えに反対しないだろうと思う父は、このごろは京にはおられないので、文で任地の丹波《たんば》の国へ、こうしていると知らせてやると、

「こっそりとしばらくお勤めをしているのも、いいことだろう」

と返事をくださったので、たいへん心丈夫だった。考えてみれば、夫はやはりだましついでにそんなことを言っているのだ。たといいくら腹を立てたにしても、こんな所の生活を見て帰ったまま、どうしているかとも便りがなく、私がどうにかなってしまったら、いったいどうするつもりだろうか。そんなことを思うと、これ以上深い山へ入って行くことはあっても、なかなか京へ帰れるものではない。

今日は十五日《もち》で、月例の斎戒をしている。やっとせきたてて、「魚でも食べていらっしゃい」と道綱を、今朝方京へ出してやって、思いに沈んでいると、空が真暗に、松風が急にざわめいて、雷が鳴ってきた。今にも降りだしそうだが、途中で降られないか、雷もひどくなるだろうと思うと、たいへん気がかりで、仏にしきりにお祈りをしたためなのか、まもなく空は晴れてゆき、帰って来た。どうだったと問うと、

「どしゃ降りになりはしないかと思ったので、雷の鳴る音を聞くなり出てまいりま

した」

と言うのを聞くにも、何かかわいそうな感じがした。今度夫に持たせてやった便りに、返事があった。

「この前はあきれ果てて帰って来たので、また行っても同じことだろう。すっかりこの世をいとうているようだから、わざとこちらからはたずねない。……もし万一にも山を出ようと思い立ったら知らせなさい。迎えに行く、恐ろしいものに思い込んでしまったらしく、なかなか近よりがたいのだ」

なぞ書いてあった。また別の人の手紙があるのを見ると、

「そうしてずっとお過ごしになるおつもりですか。日が経つままにたいそうおいたわしくお思いしています」

などさまざまにこちらの日常を問うてくれる。翌日、「そうしてずっと」ときいてくれた人のもとに、返事をする。

「こうしてばかりとも考えていませんが、もの思いにふけってつれづれと暮らすうち、はかなく日数がたってしまいました。


かけてだに思ひやはせし山深く入相《いりあひ》の鐘に音《ね》を添へむとは

（山深くはいって、夕方の鐘の音に心をくらべて暮らすようになろうとは、思いがけませんでした）」

翌日また同じ人から返事があった。

「なんとも言葉に書けないくらい、入相の鐘のお歌にひかれがちな気もちがいたします」

とあって、

言ふよりも聞くぞ悲しき敷島の世にふる里の人やなになり

（悲しみを口にせられるあなたよりも、それを聞く私の方がいっそう悲しいのです。私たちのように家に残っている者はいったいどうしたらいいのでしょうか）

そんなお歌がつけてあったのを、身にしむように思い、とりとめもなく日を送っていたが、ある日侍女のもとに、以前使っていた男が、どんな心からだろうか、便りをよこした。

「いつもあのお方様をおろそかには思っておりませんでしたが、御殿を退出してからはいっそうお珍しい優しいお方だったと、お思い申しあげております。どのようにあなた方もお慕いしていらっしゃることでしょう。歌にも、『いにしへのしづのをだまきいやしきもよきも盛りはありしものなり(『古今集』)』と申しますが、私のようないやしいものだって、やはりあのころをなつかしくぞんじ上げております。が、はずかしくてありようには申しあげようもありません、

身を捨ててうきをも知らぬ旅だにも山路《やまぢ》に深く思ひこそ入れ

(身を捨てて世の中のことは何も知らない私たちでさえ、山深くおはいりになった方を深く思いやっております)」

と言うのを持ち出して読んで聞かせるので、またかなしさがひとしおだった。こんななんでもないことも、またひどくしみじみと感じるときもあるものだ。早く返事をしなさいと言うと、侍女は、

「いやしい者はこんなに深く考えることはむずかしいと思っておりましたが、……御主人様もほんとに涙をおさえかねたごようすに見えました。どうぞ御想像になってください。

思ひ出づる時ぞ悲しき奥山の木《こ》の下《した》露のいとど繁きに
（奥山住まいで木の下露が多いにつけても、昔のことを恋しく思い出します）」

と言ってやったようだった。

「どうぞ先日の御返事を書いてください。またおしかりを受けますから、持ってまいりましょう」

と道綱が言うので、「書かないわけにもいきませんわね」と、書いてみた。

「すぐに御返事申しあげようと思っていましたが、どういうわけか使いが参上しにくく思っておりましたので。……下山いたしますことはいつとも考えがつきませんので、申しあげようもなく」と書き、

「なんだったでしょうか、この前のお手紙のお端書《はしがき》はどんなことが書いてあったのか、思い出しますのもおっくうなので、なんとも御返事できませんがお許しあそばせ」

など書き加えた。出してやると、おりもおり、また雨がひどく降り、雷がはげしく鳴るので、胸がつまるようだった。まもなく少し静まって、暗くなりかけたころ、帰っ

て来た。

「水沢《みさわ》のあたりは、こわかったですよ」

さもたいへんだったらしいようすである。夫の返事を見ると、

「先夜の心もちよりは何か心弱そうに見えるが、勤行《ごんぎょう》疲れだろうと思うとかわいそうだ」

などと書いてあった。

その日は暮れて、翌日、遠い親戚の者がたずねて来て、食べ料なぞをたくさん持って来てくれた。まず、

「どうしてこんなことを……どんなおつもりで山籠《ごも》りなぞなさいますのです。格別なことがないなら、これは感心しませんね」

と言うが、心に思うこと、わが身の上のことを、私が事細《こま》かにお話しすると、ついにはもっともなことだと言って、たいへん嘆くのだった。一日じゅうそんなことを語り合って、夕方かなしい別れの言葉をくり返し、帰って行った。鐘の声ももうすっかり果てるころだった。この人々は思慮も深く、もののあわれも知る人なので、ほんとに私の立場もよくわかりながら帰ったことと思っていると、翌日、こんな旅さき暮らしを長くつづけられそうな品物を、たくさん届けてくださった。しかしうれしいにつけ、

複雑な気もちで私はそれを悲しいものと感じた。その人の手紙には、他念なく私のことを思いつづけていた道すがらのことなぞさまざまに書き、

「木も高く茂った山道をわけ入られたお心をお察しして、ほんとに悲しくなりました。

世の中の世の中ならば夏草の繁き山辺《べ》もたづねざらまし

（お二人の仲がほんとによかったならば、こんな夏草の茂った山におはいりにならなくてもいいはずですのに）

そんなにしていらっしゃるのを見捨てて帰ると思いますと、山を立ち去って行く私の目もすっかり涙に曇ってしまいました。あなた様はほんとに御心労のごようすでございますね。

世の中は思ひのほかに鳴滝《なるたき》の深き山路を誰あらせけむ

（男女の間というものは意外なことになるもので、あなたのようなしあわせな方が、そんな鳴滝の山奥に住むようになろうとは、だれがいったいそうさせたのでしょうか）」

すべてさし向かいで話すようにこまごまと書いてあった。鳴滝というのは、このお堂の前を流れて行く川なのだ。私の返事も、思いの及ぶ限り書いて、

「おたずねいただきましたにつけても、ほんとにどうしてこんなことになったのかと、またあらためて思いました。

もの思ひの深さくらべに来て見れば夏の茂りもものならなくに

(夏草の茂りともの思いとどっちが深いかくらべに来てみましたが、とても私のもの思いの深さには及びません)

帰京の日はいつともわかりませんが、またそんなにおっしゃってくださることが、私にはかえって迷惑なのですが、

身一つのうく鳴滝をたづぬればさらに帰らぬ水もすみけり

(わが身だけを憂《う》くつらく思って鳴滝に来てみたのですが、ここにもけっしてもとへ帰らない水が住んでいます)

と思いますので、ちょうど他に帰らない先例があるような気がいたしまして」などと書き送った。

また尚侍《ないしのかみ》からおたよりをいただいた時の返事に、心細くたくさん書いて、文の上書《うわが》きに「西山より」と書いたところ、どうお思いになったのか、また来た御返事に「鳥《と》羽《ば》の大里より」と書かれたのを、たいそうおもしろく思ったりしたが、おたがいにどんな気もちでいたのだろうか。

こうして幾日か過ぎ、いっそうもの思いがちな時を送っていると、ある修行者で、御《み》嶽《たけ》から熊野《くまの》へ大峰越えをして行った者のしわざであろう、

外山《とやま》だにかかりけるをと白雲の深き心は知るも知らぬも

（人里に近い山でもこんなに寂しいのに、白雲の奥深くわけ入って行く修行者として、どんな事情があるか知らないけれど、深く同情しています）

と落とし文をして行った。こんなことを見て日を過ごすうちに、ある日の昼ごろ、大門のあたりに馬のいななく声がして、人がおおぜい来た気配がした。木立の間から見透かすと、平服姿の人がたくさん見えてこちらへ歩いて来る。兵衛《ひょうえ》の佐《すけ》だろうと思っ

て見ると、やっぱりそうだった。道綱を呼び出して、

「今までお伺いしなかったおわびをかねて参上いたしました」

と申し入れて、木陰に立ち休んでいるさまは、京風でいかにも優雅な若者であった。しかしこのごろは、「後に」と言って前に帰って行った私の妹も山に来ていたので、それにちょっと気をひかれている兵衛の佐は、ひどく気どって立っているのだ。私の方から、

「お名まえを伺ってたいへんうれしいと思います。早くこちらへおはいりください。行く末の御不祥事がすべて無事ですむように、お祈りしてさしあげましょう」

と言うと、歩み出て勾欄《こうらん》に寄りかかって、まず手水《ちょうず》を使ってはいって来た。

「昔私をごらんになったのを、おぼえていらっしゃいまして？」

ときくと、

「もちろん、たいそうはっきりおぼえております。このごろこそこんなに御無沙汰つづきですが」

など答えるので、なぜか急にさまざまのことが一度に思い出されて、ものを言いかけて涙声になるような気がして来た。しばらくためらっていると、相手もしんみりとしてものも言えないようすだった。そして、

「お声などおうるみになるのもごもっともでございますが、けっして御心配にはおよびません。まさかお父上がこのまま絶えておしまいになることはありますまい」

など、見当はずれのことを言いだすのだ。

「『こうして参上したら、よく御相談して来い』と父上がおっしゃいました」

と言うから、

「そんなことをおっしゃらなくても、そのうちに……」

と答えると、

「そんなら、いっそ今日御帰京なさいませんか、このまますぐお供いたしましょう。まああこの大夫《たいふ》(道綱)がたまに京に出て来ては、日さえ傾くと山寺へと急ぐのを見ますと、こりゃたいへんなことだと思うんですが」

などと言いかけるが、私は黙って、それには返事ができずにいると、しばらく休んだ後、手持ち無沙汰に帰って行った。こんな状態で、山を出しぶっていて、来る人はみな来てしまったのだから、もう新しくたずねて来そうな人もなくなったと思った。

相変わらずのありさまで、日を過ごしているうちに、京のだれかれのもとから手紙が来た。

「今日殿がそちらへいらっしゃるはずです。今度は下山なさらないと、ほんとに寄りつきにくい人のように世間でも思うでしょう。二度とはまさかお出かけになることもありますまいから、この機会をはずして、あとで一人帰って来たら、とんだ恥さらしにおなりでしょう」

皆が同じようなことを言って来たので、何かへんな感じがするが、どうしたらいいのだろうか。今度はけっしてぐずぐずさせないつもりであろうと、さんざん思案していると、たよりにしている父が、ちょうど任国から上京したまま、取るものも取りあえず見舞いに来た。世間話などいろいろしたあとで、

「まったくこうしてしばらくお勤めをしているのもよいと思ったが、この若君がたいへんやつれてしまわれたから、早く帰ったほうがよいようだ。今日も日がいいならいっしょに帰ってもいいし、……つごうで、今日でも明日でも、いつでも迎えに来ます」

などはっきり言われるので、力も抜けたように思い悩んだ。

「それじゃまた明日」

と言ってお帰りになった。「釣りするあまのうけ(伊勢の海に釣りするあまのうけなれや心一つを定めかねつる――『古今集』)」のように、心一つを決めかねて思い乱れていると、大声で前駆《さきぶ》触れをしてやって来た。いよいよ夫らしいと思うと、心がすっかり

転倒してしまった。今回は遠慮なく歩いてはいり込んで来たので、困って几帳《きちょう》だけを引き寄せて、ようやく隠れたがなんのかいもなかった。私が香を盛りすえ、数珠《ずず》をつまぐり経文をおいたりしているのを見て、

「ああ恐ろしい、まさかこれほどとは思わなかった。ひどいようすでいらっしゃるね。万一ここを出られるかもしれぬと思ってやって来たが、これじゃ仏の罰があたりそうだ、……どうだ大夫(道綱)、こうしているのをおまえはどう思う」

と尋ねると、

「たいへん苦しゅうはございますが、いたし方ございません」

道綱はうつ伏してやっと答えていた。

「かわいそうに」

とあの人は言いさして、ふと気を変え、

「ではとにかくおまえの心しだいだ、母上が下山なさったほうがよいと思うなら、車を寄せさせなさい」

と言うなり、走って行って、散らばっている私の身のまわりの物をどしどし片づけ、包むものは包み、袋に入れるものは入れて、車にすっかり運ばせた。引き回した幔幕《まんまく》も取りはずしてしまった。何もかも取り払い片づけてしまうので、私はすっかり呆然

となり正気もなくなってしまうようだった。あの人はいたずららしく目くばせをして、にこにことしてじっと見ている。

「これだけ片づけてしまったのだから、もう出られるに違いない。早く仏においとまごいをしなさい、それが定った作法であろう」

と世にもひどい冗談を大声で言われるが、こちらはものも言えず、涙ばかりがにじんでくるが、じっとがまんをしつづけていた。車を寄せてからやや長い時間がたった。午後四時ごろに来たのだが、もう灯をともすころになってしまった。無感動な状態でじっとすわったままなので、

「よしよし、私は帰ろう、道綱に任せた」

と言って外に出て行った。道綱は、

「早く、早く」

と私の手を取って泣きだしそうに言うので、せん方なく立ち上がる気もちは、ほんとに夢中だった。そしてこの身を車に乗せ、大門を引き出すと、夫も同じ車に乗り込んで来て、途中例のふきだしそうに陽気な冗談をしきりに言うが、私は夢路をたどるようでものも言えなかった。今までいっしょにいた妹も、暗いのでさしつかえなかろうと同じ車に乗っているが、それがときどき返事をしていた。

はるばると下って行くうちに、もう夜の十時ごろになってしまった。京の邸では、昼間このことを告げてよこした留守番の者たちが、気をきかして掃除をし、門をあけ放して待っていたが、私はまだ夢見ごこちで降り立った。気分も何か苦しいので、几帳を立てて臥している所へ、留守居をしていた侍女たちが、ふいと寄って来て、

「撫子《なでしこ》の種を取ろうといたしましたが、根もなくなってしまいました。呉竹も一本倒れてしまいました。手入れをさせましたが」

など気がかりそうに話しかけた。今が今言わなくてもいいことをと思うので、私は返事もしないでいると、眠っているかと思っていた夫が、ちゃんと聞きつけて、同じ車で帰って来た妹が障子一つ隔てて臥しているのに、声をかけた。

「お聞きですか。こりゃ大事件ですよ。この世を捨てて家を出て菩提《ぼだい》を求める人に、ただ今ここの人が言うのを聞くと、撫子は撫でてだいじに育てたとか、呉竹は立てたとか……、まったく言いも言ったものですね」

妹も声を立てて笑っている。ほんとにおかしなことだったが、少しも笑うようすは見せなかった。こんなことで夜もようやくふけて、夜半ごろになって、突然に、

「方角はどちらがふさがっているのか」

と言い出すので、日数を勘定すると、あいにくこちらがふさがっているのであった。

「どうしようかな、困ったことだね。いっしょに近い所へ移って行こうか」と言いかけるが、返事もしなかった。どうかしている、とんでもない人だと思いながら、臥して動こうともしなかったので、

「方違《かたたが》えはぜひしなければならないし、方が明いたら来るべきだが、またいつもの気に入らぬ物忌《ものいみ》になってしまいそうだ」

といやいやそうに出て行った。翌朝手紙が来た。

「夜がふけてしまったので、昨夜はほんとにおもしろくなかった。さあ早く精進落ちをしてください。道綱は、なんて気がきかないように見えるんだろう」

などと書いてあった。なんのことだ、これしきのことじゃないかと、夫に対し無関心な気分になって行きながらも、やはりいつ物忌が終わるのかと気になった。そして六日たって、七月三日になってしまった。

その昼ごろ、本邸の家司《けいし》が使いに来て、

「おいでになられます。こちらに参っておれとの仰せなので」

とのことだった。召使たちもおおぜい来たので、だれもかれも騒いで、日ごろ乱雑になっていた所を音高く修理したりしているのを見ると、何かいたたまれない気分になっていたが、日も暮れはててていた。本邸から来ていた男たちが、

「お車の用意はすっかりしておいたのに、どうしてまだいらっしゃらないんでしょう」

など言ううちに、夜もすっかりふけてしまった。うちの者たちが、

「少しへんだ。だれかをやってようすを伺わせましょう」

など言って見せにやったが、やがて帰って来て言った。

「ただ今お車の準備を解いて、御随身《みずいじん》たちもみな解散してしまいました」

やっぱりそうなんだ、とまたしても思うと、身のやり場もないはずかしい心もちで、言葉も出ないほど嘆かれるのである。もし山にあのままいたのだったら、こんなに胸のふさがる思いもなかった、邸中の者もみな妙なことだあきれたことだと、ひそひそ騒いでいる。三晩ばかりそんなことがつづいて、あとはもう来ないようすだった。何かさしつかえあってとでも聞いたら安心できるだろうなどと思い乱れていると、お客様が訪れて来た。気もちのうっとうしい時に困ったことだと思ったが、とにかく会って話相手になっていると、少しずつ紛れてきた。そして、夜が明けると、道綱が、

「なんで来られなかったのか、伺ってまいりましょう」

と言って出かけて行った。

「昨夜はお気分がお悪かったんです。『急に苦しくなったので、行けなかった』とお

っしゃっていました」

まもなく、そう言って帰って来たが、いっそそのようなことなら聞かないで、静かに過ごしていたほうがいいはずだった。からだもよごれていたので、「もし行けたら行く」と言葉だけでも向こうで答えてくれたなら、何も思うことはなかったのにと、気分を悪くしていると、尚侍《ないしのかみ》の殿から珍しく御文があった。まだ私が山里にいるものと思って、しんみりとした調子で書いてあった。

「どうしてそうもの思いの多い気まぐれをつづけていらっしゃるのですか。でもそれに妨げられないであの人はそちらへ通って行くと聞いていますが。あなたは絶えてしまったようにばかりおっしゃいますので、なぜだろうと気になりますにつけて、

妹背《いもせ》川昔ながらの仲ならば人の往来《ゆきき》の影は見てまし
(妹背川のように、あなた方の仲も昔のままだったら、通って行くあの人の姿も見られることでしょうが)」

返事には、

「山住まいも、秋の景色を見たいものと思っていましたが、それも思うにまかせず

また中途半端になってしまいました。『わが思いの繁《しげ》さは知る人もなし(我が恋は深山《みやま》がくれの草なれやしげさまされど知る人のなき――『古今集』、小野美材)』と思っていましたが、あなたはどんな嘆きをお聞きになっていらっしゃるのか、なんだかおぼろげにほのめかせられるので、ほんとに、

よしや身のあせむ嘆きは妹背川なか行く水の名もかはりけり
(妹背川の名が変わるように、私たちの仲が変わってしまって、たとい私があきられてしまっても、それはしかたがないでしょう)」

と申しあげた。その日一日おいて、また向こうで物忌になったと聞いた。翌日はこちらの方角がふさがっている。その次の日、今日は一日待ってみようと、またしょうこりもなく思っていると、夜おそく見えられた。先夜のことをいろいろと言いわけして、「今夜こそぜひと思って用意したが、方違《かたたが》えに家の者が皆よそへ出かけたので、出してやってそのままうっちゃりっぱなしでやって来た」
など罪もなく平気で言うのを聞くと、この人に何を訴えてみたところで、なんのかいがあるかしらと思うのだ。夜が明けると、

「よそへ行った連衆《れんじゅう》がどうしているかと気がかりで」

と言って急いで帰った。

それから後も、来ないまま七、八日たった。父の所で近日みなが初瀬《はつせ》へお詣りすると言うことで、いっしょに行こうと思い、物忌がてら父の邸へ移って行った。場所をかえたかいもなく、ある日の昼ごろにわかにやって来た。

「だれがあちらの門をあけたんだ」

と家主《いえあるじ》が驚き騒いでいるうちに、ふいとすべり込んで来て、この二、三日例の香《こう》を盛りすえてお勤めしているのを、いきなり投げ散らし、数珠《ずず》をほうり上げなど乱暴をするので、困り果ててしまった。そしてその日は一日ゆうゆうと暮らし、翌日帰って行った。
七、八日ばかり過ぎて、初瀬へ出立した。朝十時ごろに家を出たが、従者も多くはなやかな行列だった。そして午後二時ごろに故按察使《あぜち》の大納言の別荘だった宇治の院に到着した。他人《ひと》は何か興奮して騒いでいるが、私の心はへんにもの寂しく、あたりを見回すと、ここは趣味深く心をこめてお造りになったという評判の所なのだ。今月には一周忌も終わったばかりであろうが、それにしてはずいぶん荒れているなあと思って見た。ここを預かって管理している者が接待をしたので、拝見すると、衝立《ついたて》・障子や遺愛の品らしい物、帳《とばり》・簾《すだれ》・網代屛風《あじろびょうぶ》・黒柿の骨に朽葉《くちば》の帷子《かたびら》をかけた几帳《きちょう》なども、しっくりと調和しているのも感じ深くあわれだった。疲れてしまったのに、風は払うように吹きつけて来て、頭まで痛くなった。風よけを作ってながめていると、まもなく暗くなってきた。鵜舟《うぶね》が篝火《かがりび》をかかげながら、一人は棹《さお》をあやつって川面を通り過ぎて行くのが、えも言われずおもしろかった。頭痛も紛れたようなので、端の簾を巻き上げて外を見ていた。考えてみれば先年、自分かってに思い立って参詣《さんけい》に来た時、帰途あちらの別荘と行き来したのもここだったのだ。あの時按察使殿がちょうどいらしてたので、饗応《きょうおう》も受け、なにかとお話なさったのは、たいそうおもしろかったが、なんとはかない世の中だろうか。それやこれやと思いつづけていると、目も合わないで夜半過ぎまで考えふけっていた。鵜舟が上り下りして行きちがうのを見て、

うへしたとこがるることをたづぬれば胸のほかには鵜舟なりけり

（上ったり下ったりして常にゆれ動いて火にこがれているものを求めると、それは鵜舟と私の胸の中だけだ）

なぞ思いながらなお見ていると、明け方には改めて漁《いさり》ということをするようだが、こ

れも口に尽くせないほど興趣があった。やがてそんな夜も明けはなれたので、一行は急いで立って行った。贄野《にえの》の池・泉川などは以前に見たときとすっかり同じようすで、なつかしかった。なにかにつけてしみじみと感じることも多いが、多人数でにぎやかな行程に心は紛れてほぐれていった。香達《こうたて》の森に車を止めて弁当をひらき、みなおいしそうに食べていた。春日《かすが》へと向かうので、その夜は宿場のひどくむさくるしい所に泊まった。そこから立って行くうち、雨風がひどく荒れてきた。三笠山をさして行くかいもなく皆ぬれてしまった。やっと到着して幣帛《みてぐら》を奉納して、初瀬の方へ向かった。飛鳥《あすか》神社に御燈明《みあかし》を奉ったついでに、釘貫《くぎぬき》に車の轅《ながえ》をかけたまま見渡すと、木立のたたずまいも趣の深いところだった。境内も清潔で、泉の水もいかにも飲みたいほど清らかなので、催馬楽《さいばら》に「あすか井に宿りはすべし」と歌うのももっともだと思うのであった。しかしひどい雨がますます激しくなるのはやりきれなかった。やっとのことで椿市《つばいち》に着き、例のごとく準備を整えて出立して行くと、日も暮れたが、雨風はまだやまなかった。火をともしたが風に吹き消されて真暗だから、まるで夢路のここちがしてきみが悪く、どうなって行くのかとまで心配だった。かろうじて初瀬の祓殿《はらえどの》に到着したが、ここは水流の音が激しく雨音もわからぬくらいだったが、私たちはそれをまた雨の音だと思っていた。御堂に上る時、私は妙に気分が悪くなった。漠然といろんなことを思っていたが、はっきりと心の整理がつかず、何事も祈らないで、夜が明けてしまった。雨はやはり同じように降っていた。昨夜に懲りて、帰途は昼出立することにした。「音せで渡る森」の前を、さすがに「静かに静かに」とただ手を動かし顔を振って、おおぜいの者が魚のように口をぱくぱくさせて行くので、がまんができないほどおかしく見えた。椿市に引き返して精進落としなどするようだが、私はまだ精進をつづけている。そこから先は、はじめて引き止めて饗応をする所が多くなって、帰りの予定も遅れがちだった。一々それらの家で、ものを与えたりするので、なお手を尽くしてもてなすようだ。泉川は今度は水かさが増している。どうしようかと言っているうち、さっそく宇治からじょうずな船頭をつれて来たという話だが、うるさい気もした。

「いつものように車でひょいと渡ったら」

など男連衆《れんじゅう》が相談するのを、女の方は、

「やはり舟でなくては」

というので、「それでは」と舟に乗り込み、はるばる下って行く気もちは、ちょっとおもしろかった。楫取《かじとり》をはじめとして皆大声で歌を歌った。そして宇治の近くで、また車に乗った。自邸の方角は、しかしおりあしくふさがっているので、今夜は宇治に泊まらなければならなかった。こちらでもその用意をしていたので、鵜飼舟を川いっぱいに浮かべて歓迎の騒ぎだった。さあ近くで見ようと、岸辺に桟敷を設け、腰掛け代わりに榻《しじ》を持っておりて行くと、すぐ足もとを鵜舟が行きちがう。小魚などまだ見たこともないようなものをとるのも、たいへん興味をひかれた。旅疲れの感じだが、夜のふけるのも忘れて見とれていると、侍女たちが、

「もうお帰りなさいませ」

と言うので、また岸辺の道を院へと上って行った。家の中に帰ってもまだ飽きないでながめていると、川面では夜通し篝火《かがりび》をあかあかとたきつづけている。そうして少しうとうとすると、舟端《ふなばた》をとんとんとたたく音に、驚いて目がさめ、自分が夢の中からたたかれ起こされたようだった。明けてみれば、夜の間にとれた鮎《あゆ》がたくさんあった。それからしかるべき所などへわけてやれるのもすばらしかった。

日もだいぶあがってから出立したので、夕方暗くなって京の父の邸に帰り着いた。私もすぐさまどこかへ移ろうと思ったが、みんな疲れきってしまって行けず、翌日の昼ごろ、まだここにいるのに、あの人から文があった。

「お迎えにと思ったが、今度はいつもの外出とはちがって、父上とごいっしょなので、かえってそれもふつごうだから、……自分の邸に帰っておいでなのか。今すぐ行

く」

などと書いてあるので、みんなあわてて、早く早くとせき立てるから、急いで西洞院《にしのとういん》の自邸にもどった。すぐに見えたのだ。こんなふうにするのは、私が昔の初瀬詣《もう》でに、あの人から暖かく迎えられたことを、しんみり思い出すだろうと思ってのことであろう。翌朝には、

「還饗《かえりあるじ》が近づいたので」

など、いかにも準備に追われているように、もっともらしい言葉つきで帰って行った。朝の別れに弁解がちになったのも、今さらそんなことを思うと少し悲しかった。

明日はもう八月という日になったが、それから四日ほどは例の物忌《ものいみ》とかいうことだった。それも明けて二度ばかり見えた。還饗も無事に終わって、あの人が「深い山寺に籠《こも》って修法《ずほう》をなさる」という話なのだ。三、四日ほどは、しかしなんの音沙汰もなく、雨のひどく降る日、山寺からふいに手紙が来た。

「心細い山住みは、見舞ってくれる人があるものだと聞いていたが、だれも来てくれないのはつらいものだ、とでも言いたいほどだね」

とあったので、

「おたずね申しあげるべきものとは、だれよりも私がいちばんよく気づいています

が、……つらいものだと思い知らせようと思ってですよ。……涙にはあますところなくぬれていらっしゃると想像しますので、よそながらながめるむら雲も悲しくてたまりませず」

そんな返事を書いてやった。また折り返し向こうから返事が来たりした。そして三日ほどして、

「今日帰った」

と言って、夜見えた。平生からこの人が何を考えているのかよくわからず、私もついそっけなくなるのだが、あの人はまたいっこう何も気づかないふうで、七、八日ぐらいの間を置いて、わずかに通って来るのであった。

九月の末はなんとなく身にしむような空模様だった。まして昨日今日風がざわめいて、冷たい時雨《しぐれ》が降りそそぎ、この上もなくものあわれだった。遠山をながめると、紺青《こんじょう》を塗ったとでもいうような色をし、「霰《あられ》降るらし(深山《み》には霰ふるらし外山《と》なるまさきの葛《かづら》色づきにけり——『古今集』、神遊歌)」とも見えた。

「野のさまはどんなにおもしろいでしょう。見物がてらお参りにでも行きたいものですが」

と話しかけると、侍女がすぐ、

「ほんとにどんなに晴ればれすることでしょう。初瀬に今度はこっそりとお出かけなさいませ」

と言ってくれるが、やはり私は、

「去年もそうしてみようと思って、たいへんな苦心をしてお参りした、石山の仏の御験《みしるし》を見定めてから、春ごろにでもそうしましょうか」

そんな気になり、

「それにしてもそれまで、なおこのつらい命がつづくのだろうか」など、ふいに心細くなって、こんな歌を口ずさんだ。

袖ひづる時をだにこそ嘆きしか身さへ時雨《しぐれ》のふりもゆくかな

（袖をぬらすだけでも嘆いたのに、今はからだまでびっしょり時雨にぬれ、いたずらに年老いてゆくことだ）

すべてこの世に生きて行くかいもなく、味気ない気もちばかりがつのるころだ。なんの変化もなく明け暮れて二十日ばかりを過ごしてしまった。夜が明ければ起き、暮れれば寝るというだけの毎日は、あやしいほど無気力だったが、他にしようもなかった。今朝も、ぼんやり戸外を見ていると、屋根の上に霜がきびしく、この邸に仕えている子どもたちが夜の姿のままで、霜やけのまじないをしようと騒いでいるのもあわれであった。

「ああ寒《さむ》っ、まるで雪みたいな霜だなあ」

と口おおいをしながら、こんな私のようなたよりない人間をたよって生きている人たちの、ふと口にするたあいないおしゃべりを聞いていると、なんとも言えず寂しかった。

十月もひたすら別れを惜しみながら、過ぎて行った。十一月も同様で二十日になってしまったが、今日見えた夫は、そのまま二十余日《はつかあまり》もあとを絶ち、手紙だけ二度ほど来たのだったが。……こんなありさまで、胸は安らかでなかったが、もう思案も尽きてしまったから、心も弱り何事も考えられないで日を過ごしていた。

「八日ばかり物忌が引きつづいたので御無沙汰した。……今日にもすぐ行こうと思うが」

すると、ふとまたあの人から、へんにこまやかに書いた手紙が来た。しかしおりあしくしばらくたつと、空はにわかに曇ってきて雨になった。困っているだろうと思いながら、外を眺めていると、もうやがて夕暮れの景色になりかけ、雨はますますひどく降るので、来られないのももっともと思うものの、「昔は」と考えると不覚にも涙が浮かんできて、もの悲しさに、堪えられなくなり、使いを出してやった。

悲しくも思ひ絶ゆるか石《いそ》の上《かみ》さはらぬものとならひしものを

(昔から降る雨なぞには妨げられないものときまっていたのに、いらっしゃらないものだから、悲しくも仲が絶えてしまったような気になります)

こんな歌を持たせて、もう行き着くだろうと思うころ、ふと南側の下げた格子の外側で人の物音がする。召使は知りようもないし、私だけが怪しいことだと思っていると、妻戸をあけてひょっこりはいって来た。激しい雨の盛りで、音も聞こえないのだった。外では「早くお車を引き入れよ」と騒いでいるのがようやく聞こえて来た。やっぱりあの人だった。

「長年のふきげんも、今日来たので、きっと許してもらえるだろう」と、夫はやはりうれしそうに生気を取りもどしてゆく私を、のぞくようにしてくり返し言うのだ。

「明日はあちらの方角がふさがる。明後日からはまた物忌だ。それもしなければならないのでね」

とやさしく言われる。使いに出した人はどうやら行き違いになったらしいと思うので、私もほっとしていた。

その夜のうちに、雨はやんだ。翌朝、

「それじゃ、日暮れに」

と言って帰って行った。あちらの方角がふさがっている日なので、来るかもしれないと待っていたが、あいにく見えなかった。

「昨夜は客が来て、夜がふけてしまったので、お経などを読ませて外出をやめにしたが、例のようにおまえはどんなにやきもきしたことだろう」

などと文があった。鳴滝《なるたき》の山籠りから帰ってからは、私は雨蛙(尼還る《あまがえ》)という名をつけられてしまったので、こんな歌を書いてやった。

「こちらの方角でなければ、方違《かたたが》いにもなりませんのに」などとたくさん書いて、

おほばこの神の助けやなかりけむ契《ちぎ》りしことを思ひかへるは

(死んだ蛙は車前草《おおばこ》の葉をかぶせると蘇生《そせい》すると言いますが、あなたが約束を違えてしまわれるのは、どうやら神の助けもなさそうです。この雨蛙には)

そんなふうで日を送り、まもなく大晦日になった。気に食わない所へは毎晩通っていると告げる人があるので、安らかな気もちにもなれず、日を過ごしてきたのだが、月日はいつの間にか歳末の鬼やらいの来る時になっていたので、あきれ果てて茫然とするくらいだった。子どももおとなもみな「儺《な》やろう儺《な》やろう」と大声で騒いでいる。私だけ別にすることもないのんきさで見ていると、この陽気な人たちは、なんでもできるだけ愉快なことはしてしまいたいというように見えるのだ。

外では雪さえひどく降っているということだ。年の終わりには何事につけても思い残すことのないような、四囲《あたり》のようすだった。

巻の下

天禄三年(九七二年)―天延二年(九七四年)
道綱母三十七歳―三十九歳
兼家　四十四歳―四十六歳
道綱　十八歳―二十歳

明ければ天禄三年である。今年も続くはずの憂《う》きことつらいことはともに忘れ、晴々した気もちになって、参賀におもむく道綱に、装束をつけさせて出してやった。庭前に降り、そこでうやうやしく四方拝をするのを見ると、ずいぶんりっぱに成人したものだと涙ぐましくなってきた。年頭のお勤めをしたいと思う今夜から、また私には不浄のことがあるらしい。これを世間では忌みきらっているのだが、いったいどういうわけなのだろうと、自分一人で考えてみた。今年は、どんなに憎らしい人があっても気にかけないようにしようなどと、しみじみ思ったりして、心も平穏だった。三日は天皇(円融、十四歳)の御元服なので世間は騒がしかった。引きつづき七日は

白馬《あおうま》の節会《せちえ》なのだが、心のうきうきすることもなくその日も過ぎた。八日に、

「たいそう節会ばかりつづく時で」

と言って、あの人が初めて見えた。翌朝帰る時、しばらく立ち止まった従者の中に、こう書きつけて女房の中に入れた者がある。

下野《しもつけ》やをけのふたらをあぢきなく影も浮かばぬ鏡とぞ見る

(下野の桶の蓋《ふた》は、あなたの姿もうつらない鏡としてつまらなくながめています。―地名の大笥《おけ》・二荒《ふたら》をかけている)

その桶の蓋に、さっそく酒やくだものを入れて出してやった。酒をのむ土器《かわらけ》に女房が返歌を書いた。

さし出でたるふたらを見れば身を捨てて好むはたまの来《こ》ぬとさだめつ

(さし出した蓋を見ると、かんじんの身の方が捨ててあるので、恋しいなぞとおっしゃっても、本気でないにきまっています)

つまらなく中途半端な、わが身の境遇に遠慮して、世間でやかましく言う御斎会《ごさいえ》のお勤めもせず、新年十四日間は過ぎてしまった。十四日に、あの人の方から、古い袍《うえのきぬ》を、

「これをうまく仕立て直して」

と言ってよこした。「着るべき日は……」などあって、急いでいるらしかったが、私の方では気が進まず、ゆっくりしていると、使いがある朝早く、催促して来た。

久しとはおぼつかなしや唐衣《からごろも》うち着てなれむさておくらせよ

（おそいとおっしゃるのは心いそがしいことです。あなたの代わりにせめてこの着物でも着てなじみたいのです。どうぞこれをこのまま私にくださいまし）

と歌を作り、そうは言うもののすぐ着物といっしょに、別に手紙は添えないで持たせてやると、

「これはよくできた。着慣らさなかったのは気の毒だが」

という返事だった。くやしかったのでまた、

わびてまたとくと騒げどかひなくてほどふるものはかくこそありけれ
（困って早く解いて仕立て上げたいと急いだんですが、そのかいなく暇どってしまいました。なにしろ私同様、古い物なので）

と言ってやった。その後、「春の司召《つかさめし》で……」など言ってきたまま音もなかった。今日は二十三日。まだ格子《こうし》をあげないうちに、召使たちが起き始め、妻戸を明けて、

「雪が降ってまいりました」

と騒いでいると、ふとどこかで鶯の初声がした。しかし今年は何か気もちも老い込んだようで、例のつまらないひとり言めいた歌を詠《よ》む気にもなれなかった。司召には、夫は二十五日に大納言に昇進したと大騒ぎだが、私のためにはかえって窮屈になるだけだと思うと、お喜びなど言って来る人も、むしろ嘲弄《ちょうろう》されているような感じで、ちっともうれしくない。道綱だけはなんとも言えないくらい心の中で喜んでいるらしかった。翌日、

「なんとか言って来ても悪いはずもないだろう。昇進したかいもないじゃないか」

と言って来た。また月末に、

「何か変事でもあるのか。こちらはやりきれないほど騒がしくて、……どうして便《たよ》

りをしないんだ。薄情だよ」

と重ねて言いよこし、ついには言うことがなくなったのか、私を無情だと逆にうらんで来た。今日も自身で来ようとは思いもよらないらしいので、返事には、

「御前伺候のお役目はお忙しいでしょうが、こちらはこちらでつまらない日を送っております」

とだけ言ってやった。

こんなふうだが、今は私の方で、なぜかそんなに気にかからなくなったので、かえって心も穏やかになっていた。夜もうちとけた気もちでぐっすり寝入っていた時、門をたたく音に目をさまされ、へんだと思ううちにふとあけたので、胸騒ぎをしずめていると、妻戸の入口に一人立っていた。

「早くあけよ、早く」

などと、あの人は言うのだ。側仕《そばづか》えの侍女たちもみな気を許して寝込んでいたので、逃げかくれてしまった。あまり見苦しいのでそばへいざり寄って、

「お休みにさえいらっしゃらなくなったので、すっかり散らかしほうだいで、お入れしにくくて」

と、やっとあけると、

「ここだけを目あてに来たんだから」

入れてくれと言われるのだ。その夜は明け方に、松の枝に吹きつける風が、荒々しく聞こえてきた。ずっと長くひとりで明かしてきた夜々には、こんなすさまじい音のしなかったのは、何かの助けだったんだと思うほど、それはひどい松風のひびきであった。

一夜明けるともう二月で、雨がのどかに降っている。格子をあげても、いつものようにあわただしい感じのないのは、雨のせいらしかった。しかし夫がもう一晩泊まってゆくとは思いもよらなかった。しばらくして、

「男たちは来たかね」

と言って起き出して来た。しゃんとした直衣《のうし》に、ほどよく柔らかな練絹《ねりぎぬ》の袿《うちぎ》をかさね、帯もゆるやかな姿で出て来ると、召使たちが「お食事を」などとすすめるが、

「いつも食べないんだから、心づかいはいらない」

などと気もちよさそうに言われる。

「太刀《たち》を早く」

と命じると、道綱が持って出て縁側に片膝をついていた。ゆっくりと歩み出て庭を見回し、

「植え込みをちょっと乱暴に焼いたようだね」

などとおっしゃった。すぐ足もとまで雨おおいを張った車を寄せさせ、男たちが軽々と持ち上げたのに、乗り込まれた。車の簾《すだれ》の内の帷《とばり》をちょっと直し、中門から外へ引き出すと、前駆《さき》をほどよく追わせて行くのも、わが夫ながら何かねたましい感じであった。ふだんは風当たりが強いので南側の格子はあげないでいたが、今日こうして上げたまましばらく外を見ていると、雨が適度にのどかに降る中に、庭はどこか荒れた感じで、朽葉《くちば》に交じってところどころが青く、しんみりとした景色だった。昼ごろ、昨夜の吹き返しの風が吹いて、晴れそうな空模様になって来たが、私はなぜか気分がなやましくなり、動く気にもなれないでそのまま暮れてしまうまでながめ暮らした。

三日の夜降った雪が三、四寸も積もり、今も降っている。簾を巻き上げて見ていると、「ああ寒《さむ》っ」という声があちこちで聞こえる。風も激しく吹いているのだ。世の中はしみじみと寂しかった。

天気も回復したので、八日に父の所へ移って行った。おりから若い人たちが連れ立って来合わせていたので、箏《そうのこと》や琵琶なぞ、その場にふさわしい調子で鳴らしたりして、終日笑い騒いで暮らしてしまった。翌朝、にぎやかな客が引き上げた後はさすがに心もおちついてきた。夫からただ今持参の文を見ると、

「長い物忌につづいて、役所に出勤しながら謹慎していたのだ。……今日は早くに行こう」

などこまごまと書いてある。返事をして、いつもとだいぶようすが違うが、まさか来はしないだろう、今は忘れてしまったようになっているのにと思い捨てて、ひどくうちくつろいだようすでいたところ、昼ごろに、「いらっしゃいます、いらっしゃいます」という騒ぎなのだ。うろたえていると、もうはいって来たので、まるでうわのそらでむかい合うことになった。しばらくして食台などの用意をしていたが、いっしょに少し食べているうち、日暮れになってしまった。

「明日は春日《かすが》の祭りなので、幣帛《みてぐら》の使いを出してやらなくてはならない」

さっそくきちんと装束をつけ、従者をおおぜい引きつれ、はなやかに前駆《さき》を追わせて出て行かれた。すぐに召使の皆が集まって来て、口々に気の毒そうに言うが、ましてこのごろの自分は身だしなみさえ悪くなったような気がして、ほんとにすっかりあいそうをつかされたことだろうと思われた。

どうしたのか、このごろの日は照ったり曇ったりで、春がいつまでも寒い年だ。夜は月が明るい。

十二日は雪模様になって来て、おりからの風にまじって吹雪《ふぶき》気配だった。昼ごろ、それが雨に変わり、静かに降りつつ暮れてゆくのが、せつないほどかなしかった。今日まで音沙汰もないが、思ったとおりという感じで、今日から四日間はあちらの物忌かもしれないと思うし、私の気もちはおちついていた。

十七日は雨がのどやかに降るが、方角がふさがっているようにも思う。世の中や人間どうしの関係などをあわれにはかなく考えつづけた。一昨年石山に参詣《さんけい》した時、心細い夜な夜な陀羅尼《だらに》を尊げな節をつけて読みつつ、礼拝堂にたたずむ法師があった。尋ねてみると、

「去年から山籠りをしております者で、穀断《こくだち》をしております」

などと言った。「それではお祈禱をしてください」と頼んだことがあったが、その法師から、

「去る五日の夜の夢に、あなた様が御両手に月と日とをお持ちになって、月を足の下に踏み、日を胸にあてて抱いていらっしゃるというのを見ました。これを夢判断をする者におききになってください」

と言ってよこした。いやにおおげさでとんでもない夢だと思うので、疑いが起こりばかばかしい気がするから、人にも解かせないでいたが、ちょうど偶然夢判断をする者が来たので、他人のことのようにしてきかせると、意外にも、

「どういう人が見たんですか」

とおどろいて、言った。

「これは、帝《みかど》を意のままにして、思うとおりの政治をする、ということです」

案のじょう、この夢合わせをする人が出まかせをいうのではなく、言ってよこした法師が怪しいのだ。ああうるさい、ちっともふさわしくない夢だと、私は口止めをしてしまった。またある者がこんなことを尋ねた。

「この御殿の門を四脚《よつあし》門にするという夢を見ましたが」

というと、

「これは大臣公卿《くげ》がおいでになるという夢です。こう言うとここの殿が近く大臣になられるというふうにお考えでしょうが、そうではなく、これは若君の行く末のことなのです」

という夢解きだった。また私自身の一昨夜の夢は、右の足の裏に、夫が門という文字を突然書きつけたので、驚いて引っ込めたというのを見たと問うと、この道綱が将来立身することが見えたのだと言う。これもばかばかしい阿諛《おもねり》のようで、調子がはずれているとと思うが、まんざらでもない血統なので、私の一人子がもしかしたら幸運を得るかもしれないと、心の中ではそう思った。

こんなことで過ごしているが、現在の状態では行く末も心細いのに、男の子ただ一人だけで、幾年来あちらこちらとお参りしても、このことをひたすらお祈りしたのだが、もう子どもの生まれる見込みのない年齢だから、なんとかいやしくない人の女の子を一人、引き取って世話をしてみたかった。将来は一人子の道綱とでもめあわせて、私の臨終の時までも見取ってほしいと、この月ごろ思い立って、だれかれに相談していた。するとある人が、

「殿の昔お通いになった源宰相兼忠《げんさいしょうかねただ》(参議源兼忠)とかいう方の御女《むすめ》の腹に、姫君でたいへんかわいい人がいらっしゃいます。同じことならその方をお世話なさいませんか。今はお二人とも志賀の麓《ふもと》で、兄君のお坊さんといっしょに暮らしていらっしゃいます」

ああそんなことがあったと、私は急に思い出した。故陽成院《ようぜいいん》のお血筋だというあの宰相がなくなって、まだ忌に服されていた時に、夫は例のそんなことを聞きのがさない性分で、なにくれと世話をしている間に、そのような関係になったのだった。その人は縹緻《きりょう》よりも気立てのすぐれた方で、ことさら当世風に派手なところもなく、年もふけていたようなので、女の方ではそうなるつもりもなかったのかもしれない。それでもあの人に返事などをしていたらしかったが、そのうち夫は二度ほど自分で出かけ

て行って、どうしたわけか、まるで記念《かたみ》のように単衣《ひとえ》だけを持って帰ったりしたことがあったが、細かいことはもう忘れてしまった。しかし、さあどうだったろうか、夫から、

関越えて旅寝なりつる草枕かりそめにはた思ほえぬかな
(逢坂の関を越えてわざわざたずねて行った旅寝の宿のことですから、どうしてかりそめのことだなぞと思えましょうか)

たしかこんな歌を言ってやったんじゃなかったかしら。ほかにも贈ったらしかったが、その女の返事は、そんなに目立つできばえではなかった。

おぼつかなわれにもあらぬ草枕またこそ知らねかかる旅寝は
(このような意外な旅寝をして不安なことです。もう二度と知らない味気ない気もちです)

夫は「草枕と旅と二つ重なっているのはへんだね」と言い、二人でいっしょに笑っ

たりした。その後はあまりかまわなかったからだろうか、何かの返事に女から、

置き添ふる露に夜な夜な濡《ぬ》れ来しは思ひの中に乾く袖かは
（夜毎に露が置く上に、いっそう涙にぬれる袖は、かわくひまとてもございません）

こんな歌をよこしたようだったが、間もなくもう消息も絶え果てたらしかった。後になって、私がその人のことを夫にきいたら、「以前の所に女の子が生まれた。私の子だというが、たぶんそうだろう。ここに引き取っておかないか」とおっしゃったことがあったが、そのころの私は自分の不幸にばかり気を取られていて、そんな心にもなれなかったのだ。それがきっとその女の子だったのだ。さっそく養女にしてこちらへ引き取ろうと相談がきまって、つてを求めてきかせると、この日陰育ちの幼い娘は、もう十二、三にもなっていた。宰相の御女《むすめ》はただその子一人をそばに置いて、志賀の東の麓に、琵琶湖を前に見、志賀山を後ろにして、言いようもなく心細い所に明かし暮らししていると聞き、わが身につまされて考えてみると、そんな住まいではたとい世を捨てたにしても、さまざまのことを思い残し言い残していることだろう。この人の異腹の兄君も京で法師になっているが、こちらでこのことを言いだした人がそれと

懇意だったので、さっそく呼びにやらせて相談した。

「それは、ほんとにいいことだと私は思います。いったいあそこで子どもの成育を見まもっていてもしかたがありません。はかない世の中ですから、今は姿を変えて尼にしてしまってはなどと思案して、この幾月か兄の所に住んでいるんですから」

と言いおいて、その法師は翌日さっそく志賀山を越えてたずねて行ってくれた。向こうではあまり親しくもない母違いの兄が、わざわざたずねて来たのをふしぎがるのもむりはなかった。「なんの御用で」など言うので、しばらくしてこのことを言いだすと、まずとかくの返事もせず、どう思ったのかひどく泣きつづけた。ややためらっていたが、

「私はもうこれきりの身と思いあきらめておりますが、こんな所でこの子を連れているのをたいへんふびんに思いながら、いたし方もないと思って過ごしていましたが、まあ、そうおっしゃってくださるんでしたら、どうぞそちら様のよいようにおきめなさってくださいまし」

という返事だったと、翌日京へ帰った兄の禅師の話なので、これはこの上もない好都合だった。やっぱり宿縁があったのだと、あわれだった。

「それじゃあちらへお手紙をおやりください」

と言われ、もちろんですともというふうに、何かちょっと興奮して私は書くのだった。

「年ごろはおたよりをさし上げませんでしたが、あなた様のお噂はいろいろ承っておりましたので、こんなお手紙をさし上げても、あなたの方でお驚きにならないと信じます。へんなことだとお思いになりそうでございますが、この禅師の君に心細い私の心中を申しあげおきましたのを、あなたにお伝えになったところ、たいへんうれしい御返事をいただいたと承りますので、喜びにたえず申しあげます。なんだか口にしにくく遠慮されがちなことなのでございますが、さまざまな御苦労も多いとお聞きしますので、おいとしい方でももしやお手放しなさらないかと思いまして」

などと言ってやると、翌日返事が来た。

「喜んで……」とあって、快く承知してくれた。以前の、夫と親しくなったいきさつなども書かれ、それを思いやっても、やはり私にはあわれだった。こまごまと書いて、

「霞《かすみ》のように、嘆きに立ちこめられて、筆をおろすところもわかりませんので、見苦しく」

とあるのももっともなことだった。

それから後も二度ほど文をやりとりして、話がきまってしまったから、この禅師た

ちが出かけて行って、京へつれて来た。ただ一人手放して出してよこしたのも、思えばつらい別れだったろう。いいかげんな考えでこんな決心ができるわけがないのだ、ただ父親がもし世話を見てくれるならと考えるからだろうが、そんな期待をしているとすると、私自身今は夫とへだたりがちの境遇だから、常に夫と会わせることはむつかしいし、また母親の期待はずれになってしまった時は、かえってかわいそうでもあるが、それはもう、しかたがない。こうして約束ができてしまったのだから、今さら思い直すこともできないのだ。この十九日を佳《よ》い日だと決めたので、迎えにやった。人目をひかないように、さっぱりした網代車《あじろ》に、馬に乗った男を四人、下人《げにん》はおおぜいつけてやった。道綱も、このことに口をきいた人といっしょに、車の後に乗せてやった。ところがおりもおり今日夫から珍しいたよりがあったので、

「来られるかもしれない。いっしょになっては都合が悪いから、早く行っていらっしゃい。……しばらくはないしょにしましょう。いずれはなりゆきにまかせるんですが」

などしめし合わせていたかいもなく、一足先に来られてしまった。困りきっている間に、まもなく迎えの車はもどって来た。

「道綱はどこへ出かけて来たのだ」

と夫にきかれ、返事に困ってとやかくと言い紛らせていた。この数日来、こんなことになるかもしれないと予期していたので、

「心細くてなりませんから、人の捨てておいた子どもを引き取ったんです」

と言うと、

「それは見たいな。だれの子なのだ。私がもう年を取ったので、代わりに若い人をさがして、私を追い出すつもりなんだろう」

などとふざけるから、おかしくなって、

「それじゃお見せしましょう。お子様になさいますか」

と私は言ってみた。

「よかろう。そうしようじゃないか。まあまあ早く見せてごらん」

いかにも好奇心を持ったようだった。私も早く見たくてうずうずしていたので、呼び出した。聞いていた年にくらべて、たいそう小さく、まだいかにも子ども子どもしていた。近くへ呼びよせて、「立ってごらん」と立たせて見ると、背丈《せたけ》は四尺ぐらいで、髪は落ちかかった裾《すそ》を切ったようで、身の丈に四寸ばかり足りない。かわいらしく、髪の形もきれいで、姿もたいへん上品だった。

「かわいらしい子じゃないか。だれの子なんだ。言ってもいいだろう」

と夫はつくづくと見入って言い、それなら恥にもなるまい、かまわず言ってしまおうと思った。

「ほんとにかわいいとお思いですか。そんなら申しあげましょうか」

と言うと、ますますせめられるので、

「まあ、おうるさいこと、……あなたの御子様じゃありませんか」

急に驚いて、

「なに、なんだって、……私の子だって」

夫は気の毒なほど狼狽《ろうばい》していた。急には返事ができないでいたが、ふいに言われた。

「もしかしたら、志賀の山麓にいると聞いたが」

「そうです。それがこの子です」

「これは意外だ。今はもう落ちぶれ果ててどこにいるやらと思っていたのに、こんなになるまで会わないでいるなんて」

ふいに言葉をつまらせ、泣きだされてしまった。この子もどう思うのか、うつ伏してすすり泣きをしている。そばに見ている人もあわれな昔物語のようなので、みんな感動して顔を伏せていた。私自身単衣《ひとえ》の袖を何度も引き出して目をぬぐうが、涙が止めどなく流れて来て、少しきまりが悪いほどだった。

「もう通って来ないと思っているおまえのところに、こんな人がいてはね、……私がつれて行こう」

と冗談に紛らされ、夜のふけるまで泣いたり笑ったりして、皆で寝た。

翌朝帰る時になって呼び出してみて、やはりたいへんかわいいと思っているようすであった。

「そのうちつれて行こう。迎えの車が来たらいそいで乗るんですよ」

そう笑って出て行かれた。それから後、おたよりなどある時は、必ず「小さい子はどうしている」としばしば言ってよこしていた。

そして、二十五日の夜のことだった。まだ宵を少し過ぎたころ、大声で人々が騒ぎ出したので、何事だと思ったが、火事だったのだ。「すぐ近くです」とうちの者も飛び出して行ったが、やがて帰って来たのに聞くと、憎らしいと思っていた近江《おうみ》の家が焼けたのだ。

それから五、六日は、例の物忌《ものいみ》と聞いていたが、「御門の下からそっと」などと言って手紙をくださった。なにかとこまやかなことが書いてあった。今さらこんなふうにせられるのもたいへんな心変わりのように思われた。

二十七日は方角がふさがっている。二十八日の午後二時ごろに、「いらっしゃいます、いらっしゃいます」という声がし、中門をあけて車のままはいっていらっしゃった。牛ははずし前駆の男たちがおおぜい轅《ながえ》に取りついて、簾を巻き上げ、内側の帷《とばり》を左右にはさんでいる。榻《しじ》を持って行ったので、降りていらして、紅梅のただ今真盛りに咲いている下を歩いて、さも美しいというように見上げながら、

「ああきれいだな」

と言ってはいって来られた。

その翌日もよく考えてみると、また南の方角がふさがっていた。

「どうしてそうと言わなかったんだ」

と言われるので、

「そう申しあげたら、どうなさるおつもりでしたか」

私の方からもそういうと、

「方違《かたたが》えをするにきまってるさ」

と何か鼻白んだふうで、どんなお考えでいられるのか、今後は気をつけていなければならないと、皆が思うほどふきげんだった。

「小さい子には手習いや歌詠みなどを教えたい。ここなら心配はないと思うが、うっかりしていてへんな事件が起こっちゃいけないから、……そのうち本邸の娘（詮子、

十二歳)といっしょにあちらで裳着《もぎ》をさせよう」

などとおっしゃって、その日は暮れてしまった。

「同じことなら、これから方違えに冷泉院《れいぜい》へ伺候しよう」

と言って、前駆《さき》はなやかに追わせて出て行かれた。

このごろは空模様もすっかり回復して、うららかにのどかであった。暖かでもなく寒くもない風が梅のかおりを漂わせ、鶯も誘われてやって来る。鶏の声などもなごやかに聞こえてくる。屋根の上には雀が巣くっていて、瓦《かわら》の下を出たりはいったりしてさえずっている。庭の草ももう氷から解放されてゆるんだようすだった。

閏《うるう》二月の一日は、雨がしとしと降っていたが、後の刻には晴れていた。三日には方角が明いたと思うが音沙汰がない。四日もそのまま暮れてしまったのを少し気がかりに思いながら、寝て聞くと、夜半ごろにまた火事の騒ぎだった。近いと聞くが、めんどうで起きあがれもしないでいると、だれかれとたずねてくれる人のうち、ふだんは車でなければ外出しない人まで歩いて見舞に来た。そのままにもできず、起きて挨拶《あいさつ》しているうちに、「火もしずまったらしい」ということで帰って行った。私も奥へはいって寝ていると、前駆を追う者が門前で止まったように思われ、へんだと聞き耳を立てていると、やはり「いらっしゃいます」と言うのだった。燈火《ともしび》が消えて、はいる

のに暗いので、

「なんだ暗いね。さっきの火事の明かりをあてにしてたんだろう。近い気がして来たんだが、……もう帰るよ」

と言いながらも、いっしょに寝て、

「宵《よい》から来たかったんだが、男たちがみな外出したので来られなかった。昔だったら馬に飛び乗ってでも来られたのに、どうもかってなまねのできない身になってしまって、……どれほどの変事があったら、さあたいへんだと駆けつけられようか、など と思いながら寝ていたら、こんな騒ぎが起こったのでおかしかったよ。ふしぎだね」

などと真実のこもったことをいうのである。

まもなく夜が明けた。

「この際、車は少しへんだろう」

と急いで帰って行かれた。
六、七日は物忌《ものいみ》とのこと。八日は雨降り。夜は石の上の苔《こけ》に、雨の音がなやましげに降りそそいでいた。
十日には賀茂神社へ参詣した。こっそりとごいっしょにという人があったので、それでは、と共に出かけた。ここはいつも珍しい感じのする所であった。今日も日ごろの結《むす》ぼれた気分がのびのびするのは、こうしてむりにでも出て来たかいがあったと思われる。前にしたように北野へ行くと、沢辺《さわべ》で摘《つ》み草をしている女の子がいた。ふと、えぐを摘んでいるのかと思い、裳裾《もすそ》がぬれやしないかと、気になった。（君がため山田の沢にゑぐ摘むと雪げの水に裳の裾ぬれぬ──『万葉集』）船岡を回って行くのもおもしろかった。すっかり暗くなって家に帰り、寝ていると、だれかが門を乱暴にたたく。はっと目ざめると、思いがけずあの人らしかった。疑心暗鬼で、あるいはこの近所の近江のところに何かさしつかえがあって、帰されてこちらへ来たんじゃないかとうたがわれた。あの人はさりげないようすをしているが、何かうち解けないで夜を明かした。そして翌朝は少し日が上ってから帰って行った。

五、六日ほどそのままにすぎて、十六日は雨脚《あまあし》の心細い気もちを誘う一日だった。つくづくと暮らし、翌朝まだ寝ている時に、細やかな文があった。

「今日は方角がふさがっているが、どうしようか」

などというのだ。返事をしたためてしばらくすると、自身でひょっこりやって来た。日も暮れ方だったので、召使たちもへんに思ったことだろう。夜になって、

「どうだろう、方塞《かたふさが》りを犯したんだから、幣帛《みてぐら》を奉ろうか」

などと、帰ろうともせずぐずついているようすだった。

「お泊まりになるのは、いけませんわ」

となだめたり勧めたりして出してやった、しかし、

「つまりませんわね。これは訪問の夜数《よかず》に入れないでおきましょうね」

と私がそっと言うと、

「それでは来たかいがないさ。他の夜はとにかく、今夜の訪問は必ず数に入れるよ」

と言うのだ。それも思ったとおりだった。その後なんのたよりもなく八、九日もたってしまった。こんなことをちゃんと計算に入れて、先夜のことを数に入れると言ったんだと思うと、黙っていられないような気がして、珍しくこちらから歌を贈った。

片時にかへし夜数を数ふれば鴫《しぎ》の双羽《もろは》もたゆしとぞ鳴く
(ほんの片時会ったのも夜数の計算に入れたら、鴫の羽数も足りないほどでしょうが、それでは私はつまりませんもの)

返事に、

いかなれや鴫の羽根かき数知らず思ふかひなき声に鳴くらむ

（どうしてだろう。こちらは鴫の羽根かきのように数知れずおまえを思っているのに、
そのかいもなくそちらはなげいているんだろうか）

と言って来てはくれたが、私の方では突然手紙なぞやったのを、なぜか後悔する気分になっていた。このごろ庭一面に落花が散り敷いて、池海になってしまうかと思われた。

今日は二十七日、昨日の夕方から雨が降りつづいていて、風に吹き残された花がみんな落ちてしまった。

三月になった。木の芽はいつの間にか雀《すずめ》が隠れるほどになり、今年は二月が閏《うるう》だったので例年ならもう賀茂の祭りのころなのに、なんとなくしのばれ、榊《さかき》や笛の音が恋しく、ものあわれなのに、どうしてあの時なんでもないのに手紙なぞやったのかとまたくやしく、いつもの夫の絶え間より気になるのは、どういう心の作用だろうか。

この月も七日になった日、

「これを縫ってほしい。……慎しむことがあるので行けないが」

と言って来た。いつもの珍しげもない言い方なので、

「承知いたしました」

とそっけない返事をした。昼ごろから春の雨がしとしとと降りはじめた。

十日、朝廷では石清水《いわしみず》八幡宮のお祭りだというので、忙しく準備をしている。私は親しい人が他にお参りする所があるのに誘われ、こっそり出かけたが、昼ごろ帰宅すると、この家の若い人々が、

「ぜひとも八幡祭りが見たいものだ、行列はまだ通らないようだ」

と騒ぐので、帰って来た車をそのまま出してやった。翌日はまた還立《かえりだち》を見ようと人々が騒ぐが、私は気分が悪く終日臥しているので、見る気にもなれないけれど、みながむりにそそのかすから、檳榔毛《びろうげ》の車一つに四人ばかり乗って出かけた。冷泉院の御門の北側に車を立てた。他の人はあまりたくさんいなかったので、小さな養女一人が満足して、しばらく見物していると、行列が通りすぎた。近親の者も陪従《べいじゅう》に一人、舞人に一人交じっていた。

このごろは変わったこともほとんどない。

十八日に、清水《きよみず》へ参詣する人にまたこっそりと交じって行った。初夜《そや》の勤行《ごんぎょう》が終わって退出すると、もう時間は十二時になっていた。いっしょに行った人の所に帰って食事などしていると、ある者が言った。

「西北の方に火の手が見えるから出てごらんなさい」

「室町辺だ」

などとも言っている。それでは気がかりな辺だと内心思っていると、人々が、

「督《こう》の殿のお邸《やしき》だ」

と言う。それじゃたいへんなのだ。私の家と築土《ついじ》だけを隔てた隣家なのだから、大騒ぎで若い娘も途方にくれさせているだろう。早く帰宅しようとあわてるので、車の簾もかけられなかった。やっと乗って帰ると、もう騒ぎはみな終わっていた。私の家はやっと残って、隣家の人もこちらに集まっている。こちらには道綱がいたので、あわてて徒歩のまま逃げまどわせたかと案じていた人も、ちゃんと車に乗せ、門もしっかりしまっていた。乱雑な騒ぎもなかった。さすがは男なので、よくやったと見聞くにつけてもうれしかった。焼け出されて移って来た人たちは、ただ命からがらだったと嘆いているうちに、火事は静まってしまった。しかししばらくたってもたずねてくれるはずの夫からは何も言って来ない、それほど親しくもない所からもそれぞれ見舞に来たし、以前はこの辺だろうかと思う程度でも、すぐ見舞ってくれたこともあったのに、ましてこんな近火にも来てくれなくなったものだとおどろくほどの気もちだった。火事だという知らせは、雑色《ぞうしき》や侍たちだれに聞いても皆知らせたと言っているのに、あきれたものだと思っていると、門をたたく音が聞こえる。だれかが見て、「いらっ

しゃいます」と言うので、ようやく気もちが少しおちついた。

「ここの男たちが知らせに来たのでびっくりした。ほんとにおそくなって悪かった」

などおっしゃるうちに、時間がたって、鶏の鳴くのを聞き聞き寝たが、なんとしたことか、私は気もちよく朝寝をしてしまった。目がさめると、今日もまた見舞に来る人がおおぜいで、名まえを告げたりして行った。

「これじゃいっそう騒がしくなっていくだろう」

と夫は言って、急いで帰って行った。

しばらくたって、男の着る物などたくさん届けられた。

「とりあえず間に合わせを、……督《かみ》にあげてほしい」

との伝言なので、ここに集まっている人に分けなさいと、急いで届けた。食事も早急のことなのでそまつな食器に盛って出したが、ちょっと気はずかしいような感じもあって私は見なかった。召使に見舞わせると、「三人ばかり病人も出たし、いさかいもあった」とのことだった。二十日はそんなふうで暮れてしまった。

二十一日から四日間は例の物忌《ものいみ》とのことだった。ここに集まっていた人たちは、今年は南がふさがっている年なので長くいるわけにはゆかない。二十日に私の父の四条の邸へみな移って行った。あちらでは何も心配なことはないと思うが、私もほっとすると同時に、こんなことで他人に尽くしたり尽くせなかったりしている自分が、ふいにはかない者に思えてくるのだった。つらい身の上だから、この生命を少しも惜しいとは思わないが、物忌のお札を柱にはりつけたりしているのを人が見ると、何か長生きをしたがっているようにも見えるだろう。

二十五、六日は私の方の物忌である。その終わる夜、門をたたく音がするので、物忌のために固く門をとざしているのだと言わせると、せんかたなく帰る音がする。

翌日は、例の方角がふさがっていると知りながら、昼間にやって来て、もう松明《たいまつ》が必要な時刻になって帰って行った。それからいつもの口癖でさしつかえが多いとくり返しつつ、日がたっていった。こちらも物忌の日が重なっていた。

四月は、もう十余日《とおかあまり》になると、賀茂の祭りだと言って世間で騒いでいるのだ。また人がこっそりと誘うので、十七日の禊《みそぎ》の儀式から拝観した。また私の家の幣帛《みてぐら》を奉納しようとお参りに出かけると、一条の太政大臣《おおきおとど》がちょうど御参拝に来られたのに出会った。いうまでもなくたいそういかめしい騒ぎだった。神前に歩いて行かれるさまなどが、夫にひじょうによく似ていると思って見ていると、この華麗でおおげさな儀式も、そんなにもったいぶっても見えないのだ。この人のことを、

「あありっぱだ。どなたでしょう」

などと皆がささやいているのが聞こえるので、なんとなく憂鬱な気分になった。

何ものの思いのないような人に引き連れられて、また知足院のあたりへ出かけた日、道綱もあとからついて来たが、車の帰る時、この道綱の車が、見苦しくない女車のあとにつづき始めた。遅れないようにあとを追って行くと、家を知らせまいとするのか、足を速めて紛れて行ったが、追いついてたずねはじめ、道綱はこう言ってやったらしかった。

　思ひそめものをこそ思へ今日よりは逢ふ日はるかになりやしぬらむ

　(あなたを思いそめて悩んでいます。今日あふひ(葵)祭りに会ってから、また長い間お目にかかれないでしょうに)

と贈ったのに、先方では、「いっこうぞんじません」などと言ったらしい。それでもまた道綱は、

　わりなくもすぎ立ちにける心かな三輪の山もとたづねはじめて

　(三輪山の麓の杉の立っている門をたずねてから、むしょうに進み過ぎた私の心で

す。――この歌は、『わが庵《いほ》は三輪の山もと恋しくはとぶらひきませ杉立てる門(『古今集』雑下、読人しらず)』による)

と言ってやった。三輪山というからには、どうやら大和守《やまとのかみ》の御女《むすめ》らしい。返事が来た。

三輪の山待ち見ることのゆゆしさに杉立てりともえこそ知らせね

(三輪の山――私の方ではどなたかぞんじ上げず、待ってお会いすることもこわいので、私の家に杉が立っているともお知らせできません)

というのだった。

こうして月末になったが、夫の方は盛りの卯《う》の花の陰にも姿を見せず、すっかり音沙汰もなく過ぎた。二十八日に神の御供え物に添えてたよりがあり、「少々気分が悪くて」など言っていた。

五月になった。菖蒲《しょうぶ》の根の長いのがほしいなぞと、ここの若い娘たちが騒ぐので、つれづれのままに取り寄せて薬玉《くすだま》にさしたりした。

「これをあちらの同じ年の人に差し上げなさい」

と言って、

隠れ沼《ぬ》に生《お》ひそめにけるあやめ草知る人なしに深き下根《したね》を

（人知らぬ沼に生長したあやめには、こんなりっぱな根のあることをだれも知る人はありません）

そんな歌を書き、薬玉に結びつけて、道綱があちらへ行くので持参させた。すぐに本邸から返事があった。

あやめ草根にあらはるる今日だにはいつかと待ちしかひもありけれ

（人に知られず生長したあやめも、ついに世に出てもてはやされる今日こそは、待っていたかいがあったというものです）

道綱はまた一つ歌を作り、あやめに添えて例の文をつけそめた女のもとへ、

わが袖は引くと濡しつあやめ草人の袂《たもと》にかけて乾かせ

（あやめを引くのでぬらしてしまった私の袖を、あなたの袂にかけてかわかしてください）

それにも返事が来た。

引きつらむ袂は知らずあやめ草あやなき袖にかけずもあらなむ
（あやめを引くためにぬらしたとおっしゃるお袂は、どうぞ私の見苦しい袖の上にかけないでください）

と言うのだった。

六日の早朝から雨になって三、四日五月雨《さみだれ》が降りつづいた。川音も激しくなって、人が流されたという噂を聞いた。そんなもの悲しいことに思いふけっていると、何か名状し難い気もちになり、もう今は自分かってなわがままはけっして考えないのだが、石山で会った法師からまた、「お祈りをいたします」と言って来たので、返事を書いた。

「もう今はこれ限りだと思い果てた身ですから、仏もどうしようもないでしょう。

私のことはとにかく、ただ今はこの道綱を一人前にしてくださいとだけお祈りしてください」

と、あたりまえのことを書いているのに、どうしたのか、瞼《まぶた》にこぼれてくるものがあった。

十日になった。今日は夫から道綱に文が託されて来た。

「具合がずっと悪くて、気がかりになるほど御無沙汰したが、どうしている」

などと書いてあった。返事は、翌日また道綱が行くのにつけてやった。

「昨日はすぐ折り返し御返事しなければと思いましたが、この子の持って行くついでではないとへんなような気になってしまいまして……どうしているかと尋ねていただきましたが、何かあなたのお心もちがすべて筋がとおらないように思え、それはそれでかえって気が楽になりました。『風だに寒く（待つ宵の風だに寒く吹かざれば見え来ぬ人を恨みましやは──『曽根好忠集』）』吹かなかったら、もう人が来なくても恨みはしない、なぞと申しあげたら、ちょっとひど過ぎましょうかしら」

その日も暮れて、

「賀茂の泉へお出かけになってお留守なので、御返事も申しあげないで帰って来ました」

と道綱は帰って来た。

「けっこうなことだったわね」

と、ふと心にもない言葉が口から出た。

このごろは空模様も穏やかでなく、ともすれば農夫たちはどんなに泥まみれになっているだろうと思いやられる。時鳥《ほととぎす》の声も聞かないのだ。もの思いの多い人は睡眠もよくできないはずだが、私はおかしいくらいよく眠れるので、小鳥の声も聞かないのだろう。だれもかれもが、「前の夜にも聞いた、今朝あけ方にも鳴いた」と言うのに、人もあろうに、私がまだ聞かないと言うのもはずかしいので、口には出さず、心の中で、

われぞげにとけて寝《ね》らめやほととぎすもの思ひまさる声となるらむ
(私はほんとうにうちとけて夜寝られるんだろうか。いや、そうではなくて、日夜思いまさる私の嘆きがあの時鳥の声となって悲しく鳴いているのだ)

とこっそり口ずさんでみた。

つれづれのまま、まもなく六月になった。東座敷は朝日が強くさし込んで、暑苦し

いので、南の廂《ひさし》の間に出ていると、間近に妹婿が来ているらしく遠慮されるので、そっとものに寄りかかりくつろいでいた。蟬《せみ》の声がおどろくほど多くなってきた。耳が遠くてよく聞こえない庭番の老人が、庭を掃くというので箒《ほうき》を持って木の下に立っていたが、ふいに激しく鳴き出したので、おどろいて梢を振り仰いだ。

「よいぞよいぞと鳴く山蟬が来たわ。虫でも時節を知っているわい」

とひとり言をいうと、まるでそれに調子を合わせるように「しかしか(そうだ、そうだ)」と蟬が鳴き立てるので、おかしくあわれだったが、考えてみれば、味気ない話なのだ。道綱は柧棱《そば》の紅葉《もみじ》のまじっている枝につけて、例の人の所へ歌をやった。

夏山の木の下露の深ければかつぞなげきの色もえにける

(夏山の木が茂って、下露が多いため、一方では葉がこんなに紅《あか》く色づきました。どうぞ私のなげく心を推量してください)

返事には、

露にのみ色もえぬれば言の葉をいくしほとかは知るべかるらむ

（露を受けてだけでもそんなに色づくのですから、あなたの言葉はいったい幾度染めてあるのかわからない）

などと言ってきた。その日の宵、私に珍しく夫からこまごまとした文が来た。二十余日目のことで、ほんとに久しぶりだった。こんな扱いにはもうなれっこになっていたので、今さらいうこともないが、ひところと違って何か真実のある文面なので、やはりあの人もわびしいからなんだと思い、気の毒にもなって、以前よりも深い気もちをこめて急いで返事を書いてやった。

そのころ、改築のため父の家をこわしたので、みんなでここへ移って来て、連れが多くにぎやかに日を送っていたが、他人の見る目もはずかしいほど久しく、あの人からは音沙汰がなかった。

七月の十日過ぎに、父の一家のお客様は皆帰って行ったので、あとは波が引いたようにひっそりとした。盆の行事のことなど、さまざまに嘆く人の話を聞くと、あわれでもあり気がかりにもなって来た。しかし十四日には、夫の方から例年のとおりに、亡母への供物を政所《まどころ》に調ぜさせ、贈り文を添えて届けてくれた。こんなこともいつまでつづくことだろうと、口には出さないが心の中で思っていた。

そのまま八月になった。朔日《ついたち》の日は、朝から雨だった。時雨《しぐれ》模様になって、午後二時ごろやっと晴れてきた。つくつくぼうしがやかましいくらい鳴きだしたのを聞きつつ、「私はただ何も言わないで思い沈んでいる(かしがまし野もせにすだく虫の音よわれだにものはいはでこそ思へ――『宇津保物語』)」という意味の歌なぞを思い浮かべたりしていた。しかしどうしたのか、ふしぎに心細くて涙の浮かんでくるような日である。前の月に八月には死ぬだろうというお告げもあったので、いよいよこの月だろうかなぞと思っている。世間で相撲《すまい》の還饗《かえりあるじ》などと言って騒いでいるのも、よそごとのように聞いていた。十一日に、どうも意外な夢を見たが、われながら信ずる気にもなれなかった。(短い欠文あり)

明くる夜、夫が珍しくたずねて来たが、ものも言わないでいると、

「なぜ返事をしないんだ」

と言う。

「何か申しあげることがあるでしょうか」

「どうして来ない、訪れない、憎らしい、悲しい、と言って、なぐったりつねったりすりゃいいじゃないか」

と言いつづけるので、

「それじゃこちらでいうことを、皆おっしゃってしまったじゃありませんか」と、私の方でも答えるようにそう言って微笑《わら》い、そのままになってしまった。翌朝、「そのうち還饗《かえりあるじ》の準備をすませたら、すぐ来るよ」と言って帰った。

十七日には還饗ということだった。月末になったから、約束の準備の期間もとっくに過ぎてしまったはずだが、便りはなかった。しかし私の方では、今はなんにも思わないことにしているのだ。慎めと言われたこの八月の月日が、終わり近くなることばかりをあわれと思いつつ過ごしていた。

道綱は例の女の所にしきりと文を贈っている。以前の返事はみな自分で書いたのとは思われなかったので、恨みなどして、

夕されの閨《ねや》のつまづまながむれば手づからのみぞ蜘蛛《くも》もかきける

（夕方、閨のすみずみをながめると、蜘蛛が自分の手で巣をかけています。蜘蛛でさえそうなのに、あなたはどうして自分で書いてくださらないんです）

と言ってやったのを、向こうではどう思ったのだろうか、白い紙に木片を焼いたもの

で返歌を書いて来た。

蜘蛛のかく糸ぞあやしき風吹けば空に乱るるものと知る知る

(蜘蛛が巣をかける糸はあやしいものです。風が吹けばすぐ飛んでしまうたよりないものです。そんなたよりないものと知りながら、自分で書くわけにはまいりません)

折り返しまた道綱から、

露にても命かけたる蜘蛛のいに荒き風をば誰かふせがむ

(露ほどわずかでも命をかけた蜘蛛の糸です。それを切ってしまうような荒い風をだれが防いでくれるでしょう。ほかならぬあなたです)

と贈ったが、「暗いから」と言って返事はない。翌日、昨日の白紙の歌を思い出して、また道綱が、

たじまのや鵠《くくひ》の跡を今日見れば雪の白浜白くては見し

（昨日の焼け杭《くい》のお手紙を今日見ますと、すっかり消えて白くなっていました。—鴇と杭とをかけている）


と言ってやったが、相手は「外出している」とのことで返事はなかった。翌日、

「お帰りになりましたか。御返事を」

と今度は言葉で催促しにやると、

「昨日のは何か古くさい感じがしますので、申しあげることがございません」

と言わせて来た。あくる日、

「先日の歌を古くさいとおっしゃるのは、ごもっともです」

と道綱は書き、

ことわりや言はでなげきし年月も布留《ふる》の社の神さびにけむ
（口に出さないで嘆いていた年月も長いことですので、あなたが古くさいとおっしゃるのはもっともなことなのです）

このような歌を贈ったが、先方では「今日明日は物忌《ものいみ》なので」と返歌をよこさない。

忌《いみ》の終わるらしい日の早朝、道綱から、

夢ばかり見てしばかりに惑《まど》ひつつあくるぞ遅きあまの戸ざしは

(夢を見たばっかりに、こんなに悩んでいるのに、閉ざされた戸のあくのはなんとおそいことでしょう)

今度もなにかと言い紛らして返事がないので道綱も少しいらだってきたのだろう。

「さもこそは葛城《かつらぎ》山になれたらめただ一言《ひとこと》やかぎりなりける

(さてさてあなたは一言主神《ひとことぬし》のいる葛城山に住み慣れなさったのでしょう、ただ一言返事されただけでおしまいになってしまいました)

いったいだれがそんなつれないまねをさせるんです」

と、まだ若いので、そんなあせった言い方をしたらしかった。

私は春の夜の常、なすこともない秋のさびしさなぞを、しみじみもの思いをして暮らすよりは、あとに残る人が思い出の種にもしてほしいと、このごろ絵を描いていた。

そんなうちにも今死ぬか今日死ぬかと待たれていた命も、だんだん月がたち日が過ぎると、やっぱりそう簡単には死ぬものではなかった。幸福な人こそ命が短いものなのだ、私なぞはその反対に、など思い返していると、いつの間にか死ぬだろうと予言された八月は過ぎ、わけもなく九月になってしまった。

その月の二十七、八日ごろ、土忌《い》みをするためよそにいる夜、夫から珍しく手紙があったが、人が知らせて来ても、なんの感動も覚えないので、

「ああ、そう」と言ったきりですませてしまった。

十月は例年よりも、時雨がちな感じだった。十余日ごろ、いつも行く鳴滝《なるたき》の山寺へ、紅葉を見がてら参詣しようと、皆に誘われたので出かけて行った。おりしも今日も時雨が降ったりやんだりして、終日飽きないほど山中のながめはおもしろかった。

十一月一日、一条の太政大臣《おおきおとど》がお亡くなりになって大騒ぎだった。そんな場合の例として皆が集まり、きりもなく「ああお気の毒に」など言ったり聞いたりし合っていた夜、初雪が降って七八寸ほど積もった。どんなに御子がこの雪の上を歩きにくがられることだろうと、私は何もすることがないままに、ひとりでそんなことを思いつづけていた。一方世間ではこんなことを機会にいよいよ栄えて行く人もいるのだ。

十二月の二十日過ぎに、夫が見えた。その後は、もう年も暮れ果てたので、例年の

ように忙しさに追われていた。

年もかわって三、四日になったが、私の家では改まった感じもしなかった。鶯だけが早くも訪れて来たのをあわれに聞くのだった。五日ごろに昼見え、また十余日に。二十日ごろにはぐっすり眠り込んでいる時に見えたりして、この月は少しおかしいと思うほど通って来られた。このごろは春の司召《つかさめし》なので、いつものように暇もなさそうに騒いでいるようすだった。

二月には、紅梅が常の年よりもいっそう色濃く美しく咲きにおった。私だけああみごとだと心にしみて見るのだが、だれも見向きもしないようだ。道綱はその枝を折り取って大和守の女《むすめ》に贈ってやった。

かひなくて年へにけりと眺むれば袂も花の色にこそしめ

(なんのかいもなく、この木も私と同じく年を経てしまったと思ってながめると、私の袂も紅梅の色に染ってしまいます)

返事が来た。

年をへてなどかあやなく空にしも花のあたりを立ちはそめけむ
(長年の間どうしてあなたはなんのかいもないのに、花のあたりにお立ちになるようになったんでしょう)

と言う。いいかげんな返事だと思って見ていた。
三日の昼ごろ、あの人が見えた。私は何か老い込んではずかしいくらいで、心苦しいがもうしかたがなかった。しばらくいて、「方角がふさがって来たから」と言って立って行った。私が染めたものとは言いたくないが、おくゆかしく照りかがやく桜《さくら》襲《がさね》の綾《あや》、模様はこぼれそうにあざやかなのを着て、堅文《かたもん》のつややかな表袴《うえのはかま》をはき、はるかに前駆《さき》を追い散らして帰って行くのを、私はじいっとねたましく聞いていた。そして苦しかった。あまりだらしなくしていたと悔やまれて、自分の身なりを見れば、しおれていかにもみすぼらしい感じだった。鏡を見ても何か憎々しげな女に見え、また今度ですっかりあいそうをつかされてしまったと思うのだった。こんなことを次から次へと考え込んでいるうちに、月初めから雨がちだったのがいよいよしげく、「嘆きの芽をもやす(春雨のふるに思ひは消えなくていとど思ひのめをもやすらむ—『古今六帖』）」ありさまである。

五日、夜半ごろに、表が騒がしいので、起きて聞くと、さきに焼けた近江の家がまた火事で、今度は全焼してしまった。

十日にまた昼ごろに見えて、

「春日へ参詣しなければならないが、その間が気がかりで」

と言われるのもいつもと違うので、何かふしぎだった。

冷泉院の小弓の競技に道綱も出るのだといって、二月の中ごろから騒いでいたが、例年のように前後の二組に分かれて準備にかかり、私もわが子のためにいろいろめんどうを見た。いよいよその日になって上達部《かんだちめ》がおおぜいで、

「今年はたいへんだった。小弓をばかにして、いいかげんにしていたので、どうだろうと案じていたら、お宅の大夫が最初に出て二本とも当てた。次々に多くの味方の矢がこの矢に見当をつけて当たり、とうとう勝った」

なぞとほめ騒いでくれた。そして二、三日過ぎて道綱が、

「諸矢《もろや》のあとの方が当たった時はうれしかったです」

といかにも感慨をこめて言うので、まして私は言うまでもなかった。

朝廷ではそのころ八幡の臨時祭りが行なわれた。退屈をしていたので、こっそり見

物に行くと、ことさら先追いをはなやかにして来る者がある。だれだろうかと見ると、前駆の中にいつも見かける人などがいる。ああ夫だったんだと思って見ているのも、なんだかわが身がいとわしくなるような気がした。車は簾《すだれ》を巻き上げ、下簾を左右にはさんで見ているので、こちらがわからないはずがない。この車を見つけて、なぜかふと扇で顔を隠して通り過ぎた。あとでお手紙が来た。返事の端に私はこう書いてやった。

「昨日はまばゆいほど気どってお通りになったというお噂ですよ。どうして私の車の前で顔をおかくしになったりなさったんでしょう。あまり若々しいやり方です」

すぐにあちらからも返事が来た。

「顔をかくしたのは、老いのはずかしさからだったのだ。それを気どっているように見なすなんて、憎らしい人だ」

またたよりがなくて、十余日《とおかあまり》になった。日ごろの絶え間よりも久しい感じなので、どうなってしまったのだろうと思った。道綱がまた例の人のところに文をやる。それに託するわけではないが、あの子からいつも子どもじみたことばかり言ってやっているので、代わりに私からこう言ってやった。

水隠《みがくれ》のほどといふともあやめ草なほ下《した》刈らむ思ひあふやと
(水にかくれているほどの幼い者でも、やはり思い合っているかどうか、あやめの根を引いてためして見ましょう)

返事は平凡なものだった。

下刈らむほどをも知らず真菰《まこも》草よに生ひそめし人はかるとも
(あやめどころか、こちらはみすぼらしい真菰なので、下根を引くひまとてもありません。りっぱな方からたずねられても、身分が合いませんから、御返事のしようもありません)

二十余日《はつかあまり》に、夫がたずねて来た。
そして二十三、四日ごろ、近くでたいへんな火事騒ぎがあった。驚きあわてているうちに、あの方はいち早く来てくださった。おりから風が吹いて、長い間燃え広がって行ったが、夕方六時ごろになって、
「もうだいじょうぶだろう」
と言って帰って行った。ここに夫が来ていてくれたのを見聞きした人たちは、

「『見舞に来たからそう言ってください』と、ただおっしゃって帰ったと聞いただけでも、どんなに満足だったでしょうか」

ましてて、というふうに語るのも、私がすっかり意気沮喪《そそう》しているように見えたからだろう。

またあの人は月末にやって来た。家にはいって来ると、

「火事が近くにある晩はにぎやかだね」

と言う。

「『衛士《えじ》のたく(御垣守《みかきもり》衛士のたく火は昼はたえ夜は燃えつつ物をこそ思へ──『古今六帖』)』なら、いつも」

と書いて見せた。

五月の初めの日になったので、道綱はいつものところへ、

うちとけて今日だに聞かむほととぎす忍びもあへぬ時は来にけり

(ほととぎすも鳴かずにいられないで鳴く季節になりました。今日だけでもうちとけた御返事がいただきたいと思います)

返事、

ほととぎすかくれなき音《ね》を聞かせてはかけ離れぬる身とやなるらむ

(ほととぎすではありませんが、私もうちとけてしまったら、けっきょくすぐ捨てられる身となってしまうでしょう)

五日にまた、道綱から、

物思ふに年へけりともあやめ草今日をたびたび過《すぐ》してぞ知る

(もの思いで長い年月がたったことも気づかなかったのに、今日あやめを手にして見て、思い悩んだままたびたびこの節供を過ごしたことに気がつきました)

返事には、

つもりける年のあやめも思ほえず今日も過ぎぬる心見ゆれば

(私の方では幾年この節供を空しく過ごしたかわかりません。今日もあなたはいらっしゃらないでこのままお過ごしになるお心とみえますから)

とあったのだ。どうして逆にこちらを恨むような歌を返して来たのかと、へんな感じだった。

そして、私の方では例の絶えることのないもの思いを、この月もまたときどき同じようにもの憂くくり返していた。二十日ごろに、

「遠く旅へ出る人に贈ろうと思うので、この食品袋の内側の袋を縫ってほしい」

と、あの人から言って来たので、さっそく作っていると、

「袋はできたか。歌をその袋にいっぱい入れて届けてほしい。こちらは気分がすぐれず、詠むにも詠めないのだ」

とあった。おかしくなり、

「おっしゃったものは詠んでみんな入れて差し上げますが、この袋では漏れてなくなるといけませんから、別の袋をいただきましょうか」

と言ってやった。二日ほどして、

「気分が悪くて大儀なのだが、長引いてはおもしろくないので、袋いっぱい歌を、と言ったんだ。しかたがないので、こんなのを詠んで見た。こちらの返事はこれこれ」

などたくさん歌を書き、

「どうぞよさそうなのを選んでほしい」

と言って、雨の降る中をわざわざよこした。私も何か心をひかれて読んでみた。優劣は見えるが、理屈っぽい批評もどうかと思うので、歌で、

こちとのみ風の心を寄すめれば返しは吹くも劣るらむかし

（あなたの方からこちらへばかり風が心を寄せて吹くようなので、それの返しはこちらから吹いたとしても劣っているでしょうよ）

とだけ言ってやった。

六月も七月も同じように過ぎた。

七月二十八日に、

「相撲《すまい》の節会《せちえ》のことで宮中に参内していたが、こちらへ来ようと思って急いで退出して来た」

と言って見えたきり、そのまま八月二十余日《はつかあまり》まで音沙汰がなかった。噂に聞くと、例の近江のところへ足しげく通っているということで、もう愛情もすっかり移ってしま

ったとも思われた。

このようにもの思いにふけって、茫然と日を過ごしているからか、私の住まいはいよいよ荒れてゆくばかりだった。こんな生活を見かねるのか、人少なでもあるので、いっそここを他人に譲って、自分の住まいに移らせようと、たよりにしていた父がこのごろ取りはからってくれ、今日明日にも広幡《ひろはた》中川のあたりへ移ることになった。あの人には移転するということは前々から話してあったが、今日移るということを言ってやらないのも悪いと思って、申しあげたいことがあるからと言ってやったが、向こうでは、「慎むことがあるから」と、そっけなく手紙を取り入れなかった。それでつい「かまうものか」と黙って移った。ここは山も近く河原に沿った場所で、今は心のままに移り住むことにしたのだから、ささやかながらほんとにしみじみとした住まいだと思った。そして二、三日たったけれど、あちらではまだ転居のことを知らぬ模様だった。五、六日して、

「そうしたのを、なぜ知らせなかったのだ」

とだけ言って来た。

「お知らせしようかと思いましたが、不便な所なので、もうおいでくださるのもむつかしかろうと思いました。……あんなに慣れていたもとの家で、もう一度だけお目

にかかりたいと思いましたが」

と返書を書き、ふと実感がこみ上げてきて、ほんとに縁を絶ってしまったような気分になった。

「それもそうだろう。不便な所だから」

と、あの人も言って来たきり、ぷっつりと跡を絶った。

九月になって、未明に格子を上げて外を見ていると、邸内の流れにも外の川原にも、一面に川霧が立ちこめて、麓も見えない東の山々がはるかに見えるのも、もの悲しいながめであった。

ながれての床《とこ》と頼みて来《こ》しかどもわが中川はあせにけらしも
（どんなに流れても川床は変わらないと、この中川をたのみにして来たけれども、私たちの仲はもうすっかり離れてしまったらしい）

と口ずさまれた。

東の門の前の田に、刈り取った稲が、束ねて丸太にかけ渡してある。たまに訪れて来る人のためには、青稲を刈らせて馬に食べさせ、また焼米を作らせたりする為事《しごと》にいっしょに立ち働いたりした。道綱が飼っている小鷹たちが戸外で遊んでいる。この人はまた、突然例の女の所へ文を贈ったりするのだ。

狭衣《さごろも》のつまも結ばぬ玉の緒の絶えみ絶えずみ世をやつくさむ

(着物の褄《つま》も結ばれないようなはかない命が、あなたのお心しだいで、絶えようとしたり絶えなかったりしたりして、一生を終わるのでしょうか)

返事がないので、また、

露深き袖にひえつつ明かすかなたれ長き夜のかたきなるらむ

(涙に冷え冷えとぬれながら夜を明かしていますが、いったいだれがこの長い夜をあなたの相手をしているんでしょう)

今度は返事が来たが、まあここに書かないほうがよいような内容であった。

さて、この月も二十余日《はつかあまり》になってしまうまで、跡を絶っていたのだが、あきれたことに、「これを仕立ててほしい」と冬の物が届けられた。

「御文はありましたが、途中で落としてしまいました」

と、ほんとうなのか嘘なのか、使いが言うので、

「ばかばかしいこと、返事はしないことにしよう」

ときめて、何事も知らないことにしてしまった。届けられた物は仕立てて、文はつけないで返してやった。その後は夢の通い路めいた交渉も絶えて、年もだんだん暮れ近くなって来た。

その月末にはまた、

「これを仕立ててほしいとおっしゃいました」と言って、とうとう文さえつけず下《した》襲《がさね》が届けられた。あまりのことのように思うので、どうしようかと迷い、召使たちに話をしてみた。

「やはり今度だけはおやりなさいまし。こちらでいやがっているように思われるからかもしれません」

などと、けっきょく話を決めて、一応受け取り、それはそれで手ぎわよく仕立てて、一日に道綱に持たせてやった。

「たいそうみごとにできあがったとおっしゃいました」

というだけの返事で、それきりになってしまった。あきれたという程度の話ではない。

十一月に、父の所で出産のことがあったが、見舞にも行けないで過ぎたが、どんなようすだろうか、平生義理をかいているので今度だけでもと思うのだが、たいそうらしいことはできないので、心ばかりのお祝いをいろいろ持参させた。普通のしきたりのように、白い産着《うぶぎ》を梅の枝につけた。

冬ごもり雪にまどひしをり過ぎて今日ぞ垣根の梅をたづぬる

(雪になやまされていた長い冬籠りの期間も過ぎて、今日は垣根の梅をたずねて見ました)

と歌を書いて、帯刀《たてわき》の長《おさ》を使いにして、夜になってから持たせてやった。使いは翌朝早く帰って来た。薄紫色の袿《うちぎ》一かさねを引出物にもらって来た。

枝わかみ雪間に咲ける初花はいかにと問ふに匂ひますかな

(枝が若いので雪間にも咲いた初花は、どんなようすかと尋ねてみると、たいそう美しいことです)

など私はまた口ずさんだりして、日を送っているうちに、年末の仏事のころも過ぎた。

そのころ、

「こっそりとお参りしましょう」とある社《やしろ》の参詣を誘う人があったので、それではといっしょに出かけると、思いがけないたくさんの人がお参りに来ていた。だれだと知る人もないはずなのに、私一人だけがへんに気になってきまりが悪い思いだった。祓殿《はらえどの》の軒に氷柱《つらら》が多く垂れ下がっている。それをおもしろいものだと思いつつ帰って来ると、おとなでありながら童装束《わらわしょうぞく》を着けてへんてこな髪形をした人が歩いて行く。見ているとあの氷柱を単衣《ひとえ》の袖に包み持って、それを食べながら歩いて行く。何かわけのありそうな人だと思っているうち、私のつれの人が話しかけると、氷をほおばった下品な声で、「私に御用なんですか」と言うのを聞いて、なんだ普通の人間じゃないかと思った。頭を下げて、「この氷を食わない人は願い事が成就《じょうじゅ》しないのだそうでございます」などというのもいやな感じだった。そんな不吉なことを言う者自身が氷で袖をぬらして(泣いて)いるじゃないかと、胸中で歌を作った。

わが袖の氷は春も知らなくに心解けても人の行くかな

（ぬらした涙のために凍った私の袖はまだ春も知らないようすなのに、この人はうちと

けた気もちでのんびり歩いていることだ)

帰って三日ほど過ぎてから、また賀茂神社へ参詣した。雪や風がひどく降りこめて、つらくわびしい日がつづいたが、風邪を引いて寝込んでいる間に十一月も過ぎ、十二月を送ってしまった。

正月の十五日に儺火《なび》があった。早くから道綱の召使の男たちが儺火をするとて騒いでいるのが聞こえていたが、ようやく宵も過ぎて、「ああうるさい」などという声も聞こえて来る。おもしろそうで、そっと端近く出て外を見ていると、おりからの月が美しかった。東の方の山は一面にかすんで、ぼんやりとし、ものすさまじい感じだった。柱にもたれかかって、私には世を捨てて入り込んでしまうべき「思わぬ山(時しもあれ花のさかりにつらければ思はぬ山にいりやしなまし—前出、『後撰集』、藤原朝忠)」もないと思って立っていると、去年の八月から絶えてしまったあの人との仲は、はかなくももう一月《いちがつ》になってしまったと、感慨がこみ上げて来た。

諸声《もろごゑ》に鳴くべきものをうぐひすはむつきともまだ知らずやあるらむ

（いっしょに声をそろえて鳴くはずなのに、鶯はまだ一月になったのを知らないのだろうか）

とひとり言が洩れるのだった。

二十五日に、道綱はだれかと競争して任官運動に走り歩いている。どうなるんだろうと思ううちに司召《つかさめし》の日になった。珍しく夫から文があって、「道綱は右馬助《うまのすけ》になった」と告げてよこした。さっそくあちらこちらとお礼回りをするが、その役所の長官が叔父でもあるので参上した。たいそう喜んで、話のついでに、

「殿にいらっしゃる姫君はどうしていらっしゃいますか、いくつにおなりでしょうか」

と尋ねたりした。帰って来て、道綱がそんな話をするが、どうして娘のことを聞いたのだろうか、まだこちらはいっこう子どもで、そんな申し入れをせられる年ごろでもないのにと思い、そのままにしておいた。

そのころ、冷泉院の弓の競技があるというのでまた騒ぎだったが、頭《かみ》も助《すけ》（道綱）も同じ組で、練習の日にはいっしょになるが、いつも同じことばかりおっしゃるから、「どういうことだろう」とこちらでは不審に思って話していた。二月二十日ごろ、何かいやな夢まで見たのだった。（……脱文あり）

そしてひそかにある所へお参りしようと思い立ったが、そんなに深い山という所でもない山寺なのだ。ちょうど野を焼くころなのに、桜の花の妙におそい年で、おもしろいはずの山道だが、まだ時期が早かった。あまり山奥には鳥の声もしないものなので、鶯さえ鳴いていない。水だけが沸き返って流れてゆくのが珍しいながめだった。ひどく道中が苦しいので、世の中にはこんな苦労をしなくてもすんでいる人があるのに、つらい身一つを持てあましているから、自分はこんなに苦しむんだなぞと思われた。夕方の鐘の鳴るころ、やっと到着した。仏前に御燈明を奉って、一筋の願いをこめて礼拝していると、いっそう胸苦しくなってきた。明け方近くに雨が降り始めた。困ったことだと思って法師の坊へ行った。「どうしたらいいだろう」と言っているうちに、すっかり明けはなれて、蓑《みの》だ笠《かさ》だと人は騒いでいる。私はしかたがないのでゆっくり周囲をながめていると、前の谷から雲が静々と上って来るので、何かもの悲しくなった。

思ひきや天《あま》つ空なるあまぐもを袖して分くる山ふまむとは
（空の雨雲を袖でかき分けて、こんな奥山に登って来ようとは思いがけなかった）

山の雨は言いようもなくわびしかったが、このままいるわけにもゆかないので、なにかと準備をして寺を出発した。いじらしい養女が道々私に寄り添っているのを見ると、いっそう私は苦しさも悲しさもいや増す思いがするのであった。

やっと帰京した翌日、道綱が弓の練習所から夜ふけて帰って来、私がもう臥《ふ》している所へ寄って来て言った。

「父上が、『おまえの役所の頭《かみ》が去年からひじょうに熱心に言われることだが、そちらにいる子はどうなった、大きくなったか、物心がついたか』とおっしゃいましたが、また頭にお会いすると、『殿が何かおっしゃいましたか』と言われるのです。『お話がありました』とお答えすると、『明後日《あさって》ごろは良い日ですから、御文をさし上げましょう』などとおっしゃいました」

おかしなことだ。まだあんな幼い子どもに縁談を持ち込むなんてと、私はへんに思いつつ寝《やす》んだ。

そしてその日になってお手紙が来た。うっかり返事のしかねるような書面なのだ。

「幾月来思う仔細《しさい》がありまして、殿にお伝え申させて御意向を伺いましたら、『事情だけはあちらに話したら了解された。今は直接申されたらいい』とおっしゃったと承りましたが、それもぶしつけな考えだと、あなた様からおしかりを受けはしないかと遠慮しておりました。またきっかけもなくてと悩んでいましたら、司召《つかさめし》の発表を見ますと、そちらの助の君が私と同じ役所勤めになりましたので、お伺いしましても、見とがめる人もあるまいとぞんじますので」

などもっともらしく書いて、その端に、

「そちらのお邸の武蔵《むさし》という侍女の方のお部屋まで伺候させていただきます」

とあるのだった。返事をさし上げるべきであるが、まず、これはどうしたことかと、夫に問い合わせてからにしようと、文を持たせてやると、道綱は、

「物忌《ものいみ》やなんかで取り込んでいると言って、ごらんに入れることができませんでした」

と言って持ち帰って来た。そして五、六日たった。不安に思ったのであろうか。右馬頭は道綱のもとに、

「ぜひとも申しあげなければならないことがあります」

と、使いを呼びによこされた。

「今すぐ参上いたします」

と言って使いは帰したが、そのうちに雨が降って来た。

「お気の毒だから」

と家を出かけようとした時、また先の使いが文を持って引き返して来たのを見ると、紅色の二枚がさねの薄様《うすよう》に、歌など書いて紅梅につけてあった。その言葉は、「石《いそ》の上《かみ》(石の上ふるとも雨に障《さは》らめや逢はむと妹《いも》に言ひてしものを——『拾遺集』、大伴像見)ということはごぞんじでしょうね。

春雨に濡れたる花の枝よりも人知れぬ身の袖ぞわりなき
(春雨にぬれた梅花の枝よりも、人に知られず嘆いている私の袖の方がいっそうひどくぬれています)

わが君、わが君、ぜひおいでください」

と書いて、どうしたのか、わが君という文字を書き消してある。道綱が、

「どういたしましょう」

ときくので、

「ああやっかいだね。途中で使いに会ったと言ってお伺いしなさい」

と言って出してやった。

その日帰って来て、

『殿にお問い合わせになる間でも、どうして御返事のいただけないはずはないでしょう』とたいへん恨んでいらっしゃいました」

と語るのだが、私の方では二、三日たって、やっと夫に手紙を見せることができたのだった。道綱はその使いから帰ると、

「父上がおっしゃいますには、『なにも承諾なぞしたわけではない。そのうち考えてみてと答えておいたのだから、返事は早く適当に推し量ってやりなさい。まだ時機も早いのに今から通いたいというのは不都合だろう。そこに娘がいることはあまり人が知らないはずだから、右馬頭が通い始めると、世間がへんに思うだろう、おまえのところへ通うんだと勘違いして』と申されました」

こんな話なので、むしょうに腹が立ってきた。そのように言う人が実際いるのではないかと思ったに違いない。頭《かみ》への返事は、その日さっそくしたためた。

「意外なお便りは、先日の除目《じもく》のおかげかとぞんじましたので、すぐに御返事申しあげさすべきはずでしたが、『殿に……』などとそちらでおっしゃったお言葉が、何か不審で解《げ》せませんでしたので、問い合わせていましたところ、まるで唐土《もろこし》にでも問い合わせにやったように返答が遅れていました。……それでもやはりよくわかりませんので、御返事申しあげようもございません」

と書き、なお端に、

「部屋に伺候したいとおっしゃった武蔵は、『みだりに人を(白川の滝のいとみまほしけれどみだりに人はよせじものとや――『後撰集』、中務)』と申しあげております」

としるしておいた。

そしてその後も同じようなことを言ってよこされた。返事はその度ごとにやるわけでもないが、あちらではひどく遠慮しているようであった。

三月になった。右馬頭《うまのかみ》は、本邸の方へも、女房に頼んで取りつがせたので、殿の意向を聞いたと言って、その女房の返事を使いの者に見せに来させた。

「御不審のごようすですからお目にかけるのですが、これこれのように殿のお言葉があります」

とあるので、手に取って見ると、それはあちらの女房の筆跡で、

「『この月は日が悪い、来月になって』と殿は暦をごらんになって、ただ今もおっしゃっています」

などと書いてある。ほんとにへんな乱暴な暦沙汰だ。なんというでまかせだろうか、まさかそんなことがあるはずはない。この手紙を書いた人の嘘だろうと、私は思った。

しかし七、八日の昼ごろ、

「右馬頭がいらっしゃった」

と突然召使たちが言うのだ。

「あら静かに！　留守だとお言いなさい。私に話をしようと言われても、まだ早くて都合が悪いから」

と言っているうちに、もうはいって来て、庭先のあらわな生垣の前に立っている。いつもきれいなこの人が、練絹《ねりぎぬ》の下襲《したがさね》の上に、なよやかな直衣《のうし》を着て、太刀を佩《は》き、こういう場合普通のことだが、少し形の乱れた赤色の扇を手にもてあそんで、風が強く吹くので冠の纓《えい》を吹き上げられながらたたずんでいる姿は、まるで絵に描いたように見えた。きれいな人が来たというので、奥勤めの女たちが、裳《も》なぞをいいかげんにひっかけた姿で端近く出て見ていると、おりしもこの風が簾を外へ吹き内へ吹き動かすので、簾をたよりにしてうちとけていた侍女たちが、押えたり引っぱったりして騒ぐうちに、何か見苦しい袖口なんかをすっかり見られてしまったことと思うと、死ぬほど気の毒な感じだった。昨夜夜おそく弓の練習から帰ってまだ寝ている道綱を起こしている間に、こんなことになったのだ。やっと道綱が起き出して来て、ここには今日はだれもいないよしを言った。風がひどく吹く日なので、前から格子をすっかりおろしてあったので、何を言ってもさしつかえないのだ。右馬頭はしいて簀子《すのこ》に上がり、

「今日は良い日です。円座《わろうだ》を貸してください。今日を御邸へ通い初めの日としましょう」

などしばし話して、

「お留守で、ほんとに残念でした」

と嘆きながら帰って行った。

二日ほどして、私の方から、ただ口頭で、留守の間においでくださったおわびを、道綱を通じて申し入れさせて後、

「お目にかかれないでひどくもの足りなくて帰りましたが、そのうちぜひ」

と言ってよこす。そして、

「『幼い人に不相応なことですのに、私のへんな声なぞお聞かせするのはいやです』なぞとおっしゃるのは、この結婚をお許しにならない意味だろうと思いますが、それでは助(道綱)に申しあげましょう」

と言いがてら、暮れに訪れて来た。しかたがないので、格子を二間《ふたま》ばかり上げ、縁側に灯をともして、廂の間《ひさしのま》にお通しした。道綱が会って、

「どうぞ」

と招《しょう》じると、縁に上がった。妻戸をあけて、

「こちらから」

と案内するらしく、頭《かみ》はふと歩み寄りながら、また思い返し、立ち退いて、

「まずお母上にお取り次ぎを願います」

と小声で言うので、道綱がはいって来て、そのよしを告げるのだった。

「御随意にお入れ申しあげなさい」

と答えさせると、少し微笑《わら》って、適度に衣《きぬ》ずれの音をさせながら、廂《ひさし》の間にはいって来た。道綱と静かに何か話を取りかわしているが、ときどき笏《しゃく》に扇のあたる音だけがかすかに聞こえて来る。簾の内側にいる私たちの方では、物音も立てずしばらくじっとしていたが、ややあって右馬頭は道綱に、

「先日はお目にかかれなくて帰りましたので、心もとなさにと、母上に申しあげてください」

とまた取り次ぎを申し入れた。

「さあ早く」

と道綱がこちらへやって来てうながすので、私は簾の近くにいざり寄っているが、なぜか急には頭《かみ》はものを言わなかった。内側の私の方からはまして声もかけない。しばらくして、相手が不安に思わないかしらと推察して、私が少し咳《せき》をしてみせたのをき

っかけに、力を得たのか、

「先日はおりあしく、あいにくな時に参上いたしまして」

と右馬頭は口を開きはじめ、私の養女を思いかけた当初からの話を、こまごまと話してゆくのであった。内からは、

「ただほんとに困るような、そんな話には不似合いな年ごろでございますので、こんなことを伺いますのも夢のような気もちがいたします。小さいどころか世間で申します鼠生《ねずみお》いというほどにもなっていないんですから、ほんとにごむりなお話で……」

など、口含みごえで答えていた。自分の声がひどくつくろったよそ行きのように反響して、それを意識することが、私にはいっそう苦しかった。雨の乱れ降る夕で、気がつくと、蛙《かえる》の声も騒がしかった。だんだん夜がふけて行くので、簾の内から、

「このようにたいそうきみの悪いあたりは、家にいる者さえ気もちがおちつきませんのに」

と言いだすと、

「なんでもございませんよ。今後は私を召使だと思って力にしてください。こわいことなんかありませんとも」

と言いつつ、夜もひどくふけたのだ。

「こちらの助の君が賀茂祭りの使いに立つ御準備も近くおありでしょうが、その時にはお手伝いをなんなりといたしましょう。殿に、あなた様のおっしゃったことを申しあげ、御意向を伺って、また、殿のおっしゃったことを申しあげに、明日か明後日参上いたします」

という挨拶なので、それでは帰るのだなと思い、ふと几帳のほころびから外を見いだすと、縁側にともしてあった灯はとっくに消えてしまっていた。簾の内には几帳などの後ろにともしてあったので、その光が明るくて、外のが消えたのに何も気がつかなかったのだ。こちらの姿がすっかり見られていたと思うと、私もあきれあわてて、

「いじ悪く、灯が消えたともおっしゃらないで」

と言うと、

「なんでもございません」

と答えて、帰って行った。

来初《きそ》めると、来訪がしばしばつづいて、同じことをくり返し言われるが、私の方では、

「お許しの出るはずの殿の所から、そう言われましたときなら、こちらは困ったにしても差し上げますが」

などと答えていた。

「たいせつなお許しは、もう出ておりますのに」

と、あの方はやかましく催促して、

「先日も殿がおっしゃいました。二十余日《はつかあまり》が良い日だと言いますが」

そんなふうに責められるが、ちょうど道綱が右馬寮《うめりょう》の使いとして、賀茂祭りに出ることになっているので、こちらはそのことにばかり気を取られているので、頭《かみ》は準備のごたごたの終わるのを待っていた。

しかし道綱は、賀茂の斎院の禊《みそぎ》の日、出先で犬の死骸《しがい》を見つけたので、やむを得ずこの使いは中止し、用意もふいになった。

そしてこちらではやはり頭《かみ》の君との縁談は、早過ぎるように思うので、気にかけないようにしているが、

「殿から、こう仰せがあったと言って強く催促せよと申されました」

とばかりあの方は言ってくるので、私は夫の方へ、

「どうしてそんなことをおっしゃったんですか。あまりうるそうございますので、頭の君に証拠としてあなたのお手紙をお見せしようと思いますので、御返事をくださ い」

と言ってやった。夫からは、

「許してもいいと思ったが、道綱の使いの用意をしている間に、のびのびになってしまった。もし頭《かみ》のお心が変わらないようなら、八月ごろにさせたらいいだろう」

とあったので、それならそれでいいと、ほっとするのだった。右馬頭に、

「殿からこんな返事がありました。だから性急な暦沙汰はあてにならないと、申しあげたではありませんか」

と言ってやったのだが、返事もなくて、しばらくして御自身でたずねて来た。

「たいへん腹立たしいことを申しあげに参りました」

というから、

「なんですか、とてもぎょうぎょうしいじゃありませんか。まあまあこちらへ」

と案内させると、

「いいですよ、よくわかりましたよ。こんなに夜昼参上していると、かえって延び延びにされてしまうでしょう」

少しすねて、そんな言い方をし、しばらく道綱と話をして、立ちぎわに硯《すずり》と紙とを請うのだった。すぐ出してやると、書いておしひねって簾の中に入れて帰った。見ると、

「契《ちぎ》り置きし卯月《うづき》はいかにほととぎすわが身のうきにかけはなれつつ
（約束しておいた四月はどうしたのですか。わが身のつらさに、ほととぎすのようなあの人もいよいよ離れて行くばかりです）

どうしたらいいんでしょう。がっかりしてしまいました。
夕暮れにまた参上します」
とあって、筆跡はさすがみごとなできばえである。返事は、私から追いかけて言ってやった。

なほしのべ花橘《たちばな》の枝やなきあふひ過ぎぬる卯月《うづき》なれども
（やはりしばらくがまんなさい。人に会うという四月の葵《あおい》は過ぎたけれど、五月《さつき》待つ花橘の季節があるじゃありませんか）

さて前に吉日だと選んでおいた二十二日の夜、頭の君はまた来訪した。今度は今までのようでなく、たいそう慎重にしているものの、せめるさまはいっそうはなはだしいので、困ってしまった。

「殿のお許しも、八月というのではまったく方法がありません。あまり待ち遠く思われますが、そこをなんとかお思いいただいて、お許しくださいませんでしょうか」

「どう思召《おぼしめ》してそんなにおっしゃるんでしょう。その待ち遠いとおっしゃる間に、初《う》いごともあろうかと思われるほどですのに」

と答えると、

「いくら幼いとおっしゃっても、お話くらいはできるでしょう」

とせめ立てて来た。

「いやどうして、これはそんなものではございません。あいにく人見知りをする年ごろですもの」

など言うのも、聞き分けないように、ひどくわびしく見えた。

「胸が裂けそうな気がしますから、この御簾《みす》の中にちょっと入れていただくだけで満足して帰ります。一つ一つでも目じるしに近づいて気休めにしたいのです。お許しください」

と言って、簾《すだれ》に手をかけるので、なんだかきみが悪くなったが、耳にもはいらぬようによそおって、

「もうずいぶん夜もふけてしまいましたが、いつもならほかの女《ひと》のところでそんな気もちにおなりになるようなお時間ですわね」

とそっけなく、皮肉を言うと、

「いやこんなふうにおっしゃられるとは思いもよりませんでした。ただちょっと簾の中に入れていただいたら、どんなにうれしく思うだろうかと、思ったたまでなんです。八月まで暦の日数もうわずかになりました。失礼なことを申しあげて、ごきげんを損じてしまいまして」

など、あとにさがってわび入るので、こちらもひどくかわいそうになった。

「簾の中などおっしゃるのは、やはりごむりですよ。院や内裏《だいり》へ昼間伺候する時のようなつもりでいらっしゃいませ」

というと、

「そんな場合のつもりになれというのは、つらいですよ」

と答えながら、ふっと簾の中にはいって来たので、なんとも言いようがなくなった。返答もしかねるので、ついにはものも言わないでいた。

「ああ失礼いたしました。ごきげんもお悪いようで、……ではもうお言葉のないかぎり何も申しあげません。恐れ入りました」

と言って不満そうに爪《つま》はじきをして、ものも言わないでしばらくいて、帰って行った。出る時、召使に「松明《まつ》を」と言わせたが、全然振り向きもしないで帰ったと聞くと、やはり気の毒になり、また翌朝、

「あいにく昨夜は松明《まつ》ともおっしゃらないでお帰りになったそうですが、御無事でしたかと、お伺いまで、

ほととぎすまた訪《と》ふべくも語らはで帰る山路の木暗《こぐ》らかりけむ

（またおいでくださるとも言わないで帰られた山路は、どんなに暗かったことでしょう）

ほんとにお気の毒で」

と書いて持たせてやった。そのまま先方へ置いて来たので、すぐあちらから、

「訪ふ声はいつとなけれどほととぎす明けてくやしきものをこそ思へ

（いつということなく私はおたずねいたしますが、今朝になって考えてみると、残念でなりません）

ほんとに心から恐縮いたしました」

とだけ書いた文があった。

そんなに恨んでいるはずなのに、翌日には、

「助の君が今日皆さんのもとにお出かけになるというのですが、いっしょに役所へ行こうとお誘いしに来ました」

と言って門前に立ち寄った。例のように硯を貸せというので、紙を添えてさし出した。自分の所に入れてよこしたのを見ると、ひどくふるえた字で、

「前世にどういう罪を作って、こんなにお妨げを受ける身となったんでしょう。だんだんへんなふうになって行くようですから、首尾よく事が成就することもむつかしいと思います。もうけっして何も申しあげますまい。今は高い峰の奥深く隠れてしまいましょう」

などたくさん書きつけてある。返事に、

「まあこわいことでございます。どうしてそんなことをおっしゃるんでしょう。お恨みになるべき人は別の所じゃないでしょうか。高い峰のことは何も知りません、谷のこともちろんです」

と書いて出してやったが、そのまま道綱がいっしょに乗って出かけて行った。

まもなく道綱は、朝廷から拝領の、りっぱな馬をえて帰って来た。その暮れに、また右馬頭が来て、

「先夜はたいへん失礼なことを申しあげましたが、考えれば考えるほど恐縮でございます。今はただ殿から仰せのあるまでお待ちすると申しあげに、今夜は生まれ変わって参上しました。『死ぬな』とおっしゃっていただきましたので、千年生きてもお足りないように思います。指を折って数えてみますと、待つ間の三月《みつき》というのはなんとか伏し起きして暮らして行けそうですが、やはりずいぶん待ち遠い気がしますので、つれづれと過ごす月日を、せめて御縁の端に宿直《とのい》することをお許し願えませんか」

と、ひどくはっきりと言いきるのであった。こちらもそれに相応した返事をして、今夜は早く帰って行った。

道綱を、明け暮れむやみに誘うので、いつもその邸へ出かけていた。そしてある時、女絵をおもしろく描いたのがあったので、取ってふところに入れて持って帰った。見せてもらうと、釣殿《つりどの》と思われる勾欄《こうらん》によりかかって、中島の松を見守っている女がいる。そのところへ紙の端にこう書いてはりつけた。

いかにせむ池の水波さわぎては心のうちの松にかからば
（池の水波が騒ぎ立って、この中島の松ではないがあの人の心の中の松を越えるようなことになったら、どうしようか）

またやもめ住みの男が、手紙を書きさして、頬杖《つらづえ》をつきながらもの思うようすの絵に、

ささがにのいづこともなく吹く風はかくてあまたになりぞすらしも
（どこともなく吹く風に蜘蛛の糸がひろがるように、区別もなく手紙を書いて、さぞたくさんの関係ができることでしょう）

と書いて、あちらへ持たせて返したりした。

そんなうちにも、右馬頭の方からはやはり同じことを、絶えず言って来たのだ。

「殿に御催促してください」

などといつも口癖のようにいうので、また夫の返事をもらって、それを見せようと思い、

「こんなことばかり言うものですから、こちらでは返答に困ってしまいます」

と本邸の方へ言ってやると、

「結婚の時期はああ話してあるのに、どうしてそううるさく言って来るんだろう。八月を待っている間に、おまえの方ではあの男をとてもよく歓待しているという世間の評判だ。それではかえってこちらが恨み言を言いたくなるくらいだ」

という返事なのだ。冗談だと思っていると、たびたび私と頭の君とがへんな関係にでもあるようなことを、くり返し言ってよこすのも妙なことで、捨てておけず、

「こちらではわざわざお誘いしているわけではありません。ほんとにうるさいので、だいたいこちらへおっしゃるのは見当違いですと申しあげるのですが、それでも相変わらずなので、目にあまって御相談したのです。……それなのにあなたはなんということをおっしゃるんでしょうか。

今さらにいかなる駒《こま》かなづくべきすさめぬ草とのがれにし身を
(今さらどんな人が私になついて来ましょうか。もう馬も賞味しない老草のように、世をのがれてしまった私ですのに)

ほんとに赤面いたします」

と書いてやった。

頭の君は、やはりこの四月のうちにと頼みをかけて催促している。例年に似ずこのごろは、ほととぎすが、何か屋内にまで響き渡るほどに鳴くのだが、頭の君にやる手紙の端に、

「いつもとは違うほととぎすの鳴く音《ね》を聞くにつけましても、安らかな気分もなく思われます」

とたいへん謹慎していることを書いてやったので、あちらでも色っぽいことは書いて来なかった。

道綱が、頭の所へ、

「馬槽《うまぶね》をしばらく」

と借りにやったところ、例の文の端に、

「助の君に、お願いがかなえられなければ、馬槽は借せないと申しあげてください」

とある。返事に、道綱から、

「あなたの馬槽には条件がつけられていて、思いもよりませんから、拝借してもかえってやっかいです」

と言ってやると、おり返し、

「条件のつけられたうちの馬槽は、今日明日にも埒《らち》をあけてもらいたいようです」

とあった。こんなことでこの月も終わりになったので、話もはるか八月まで待たなくてはならず、うんざりしたのであろうか、便りも途切れたまま月がかわった。

五月四日、雨がひどく降っていたが、頭の君から道綱のもとに、

「雨間がありましたら、おいでください。申しあげたいことがあります。母上には、私の前世の因縁が思い知られますので、何も申しあげませんとおっしゃってくださ
い」

と言って来た。こうしていつもわざわざ呼び寄せながら、これということもなく、冗談など言いつつ帰してよこすのだった。

今日はこんなに雨が降るのに、ちょうど養女がお参りに出かけるが、私も別にさしつかえもないので同行することにした。ある人が、

「女神《め》には衣を縫って奉るのがよいのです。そうなさいませ」

とそばへ寄って来てささやくので、それではそうしましょうと、縑《かとり》の雛衣《ひいなぎぬ》を三つ仕立てた。その下前《したがい》にこんな歌を書いたのは、どうした気もちからだったろうか。愚かな私の心を神様こそごぞんじにちがいない。

白妙の衣は神にゆづりてむ隔てぬ中にかへしなすべく

(この真白な美しい衣は神様にさし上げます。どうぞ昔のままのへだてのない二人の仲に返してくださいますように)

また、

唐衣《からごろも》なれにしつまをうち返しわがしたがひになすよしもがな

(お互いに慣れ親しんだ夫を、この着物の下前を返すように、昔のままの状態に返したいものです)

もう一つ、

夏衣たつやとぞ見る千早振《ちはやふ》る神をひとへに頼む身なれば

(神様をひたすらたよりにしている私ですから、こうして夏の単衣《ひとえ》を裁《た》ってさし上げるのです)

夕暮れになったので、もの悲しい気もちで家に帰った。

明くる五日の明け方に、私の兄が外からはいって来て、

「どうしました。今日の菖蒲《しょうぶ》はなぜまだ葺《ふ》かないのですか。夜の間にしておくのがいいのに」

など言うので、召使たちが驚いて菖蒲を葺くようで、皆起きて来て格子をあげたりすると、

「格子はちょっとそのままにしておきなさい。ゆっくりしましょう。ごらんになるにもそのほうが好都合だから」

などと兄は言うが、もうみな起きてしまったので、さまざまな節供の用意をさせたり葺かせたりした。昨日の雨雲を追い払う風が吹くので、菖蒲の香がもうあたり一面に漂って、すがすがしいにおいがする。縁側に道綱と二人でいて、いろいろな草木を取り集めて、

「珍しい薬玉《くすだま》を作りましょう」

と話し合って、せっせと手を動かしていると、このごろは珍しげもない、時鳥《ほととぎす》の群鳥が、不吉にも厠《かわや》の上におりていると騒ぐ声がする。と思うと、ふと空を飛びかいながら二声三声聞こえて来たのは、身にしみておもしろかった。「山ほととぎす今日とて

や（足引の山ほととぎす今日とてやあやめの草の音にたてて鳴く――『古今六帖』）」なぞと皆が口ずさんでみるのであった。

少し日が上って、頭の君が、

「弓の練習にいらっしゃるのでしたら、ごいっしょに」と誘って来た。

「すぐお供いたします」

と言ったのに、使いがしきりに「早く早く」など言って来るので、道綱はさっそく出かけて行った。

翌日も、朝早く、

「昨日はたいそうごきげんが悪かったようなので、何も申しあげられませんでした。今の間にでも暇がありましたらどうぞおいでください。母上がいつまでも情《つれ》なくなさるのは、なんとも言いようがありません。しかし生きてさえいれば、いつかは結婚できるでしょう。死んでは何を思いくらべてもどうなりましょう。まあこれはここだけのないしょの話ですけれど」

とあって、自身はやって来なかった。

また二日ばかりして、早朝、

「こちらへ寄ってくださいますか、それともそちらへ伺いましょうか」

と言って来たので、

「早く行きなさい。こちらへ来られたんじゃしようがない」

と道綱を出してやったが、例のように、

「何事もありませんでした」

と言って帰って来た。

また二日ほどして、

「申しあげなきゃならないことがあります。おいでください」

とだけ書いた手紙を、朝早く持参させた。

「すぐ参上します」

と答えさせて、しばらくしていると、雨がひどく降りしきってきた。夜になってもやまないので出かけられなくて、

「お気の毒です。お手紙だけでも」

と道綱は、

「ひどい吹き降りに妨げられて悲観しています。これほどに、
絶えず行くわが中川の水まさり遠《をち》なる人ぞ恋しかりける

（絶えず通って行く中川のように親しい間がらも、水が出たので行けませんのでいっそう恋しく思っています）」

すぐに返事があって、

逢はぬせを恋しと思はば思ふどちへむ中川にわれを住ませよ

（もし会えなくて恋しいと思うんでしたら、いっしょに暮らしましょう。私をあなたのいる中川に住ませてください）

などと言って来たのに、その日、暮れ果てて雨もやんだので、自身で訪れて来た。例の心もとないことばかり言って縁談を促すので、

「三カ月とおっしゃって指で数えていらっしゃったその指は、一つ折るか折らないかと思っている間に、じき過ぎてしまいますよ」

「それがそうは行かないんです。あてにならないこともありますから。……さんざん待たせて、そのあとでまた指を折らせられるんじゃないでしょうか。やっぱりなんとかして殿のお暦の中ほどを切り取って継ぐわけにはいきませんかね」

と言いだすので、少し滑稽《こっけい》になってしまった。

「それができるくらいなら、いっそ八月に帰る雁を今鳴かせてごらんになったら……」

など答えると、たいそう朗らかに笑ってしまった。そしてふいに私は、夫の手紙の中に、「たいへんよく歓待している」なぞと書かれていたのを思い出したので、

「まじめな話ですが、この縁談が延び延びになっているのは私の考えだけではありません。……殿の方へ催促してやるのもちょっとしにくいような事情もありまして」

と言うと、

「それはどういうことでしょうか。どうぞそれだけでもお聞かせください」

としきりに責め立ててきた。納得《なっとく》のゆくように話してみようか、それにしても口に出しては言いにくいので、夫から来た手紙を取り出してみせた。

「お目にかけてもしようがないようなものですが、ただこのことをあちらへ催促してやるのに、困るわけがわかっていただければと思いまして」

と言いながら、見せては困るところを破り取って差し出すと、頭の君はそれを手にして、ずっと縁側の先まですべり出して行き、おぼろな月光にあてて、久しくじっと見ていたが、まもなくはいって来た。

「紙の色に取り紛れてちっとも見えません。昼伺って拝見させていただきましょう」

と言って返した。

「もうこれはすぐ破ってしまいます」

と私が何か後悔でもしたように言うと、

「まだしばらくお破りにならないでください」

など言って、この人は、手紙の中のことは、ほのかにも見たような顔をしないでいた。

ただ、

「私の悩んでおりますことも、おいおい近づきましたので、慎んでいなければならないと人も言いますから、なんとなく心細い気がします」

と言い、おりおり何を言っているのかわからないようなことを一人で口ずさんでいた。

そして夜が明けてから、

「役所に用事がありますが、助の君に代わりに行っていただきましょう」

自分は後刻こちらへ伺いたいと言い残して、帰って行かれた。何かほっとし、昨夜見せた夫の手紙が枕上《まくらがみ》にあるのを見ると、どうしたことなのか、私が破ったと思った所は別の個所だったし、またそれとは別に破り取った所のあるのをふしぎに思って見ると、あの時夫に返事をしようと、「いかなる駒か」の歌を案じつつ夫の手紙の片端に下書きしていたところを、破り取っていたのであった。

早朝、道綱のもとに、

「風邪を引きましたので、お約束したようにお伺いできません。こちらへ昼ごろおいでください」

と言って来た。例のとおりたいした用事もあるまいと出かけないでいると、また手紙が来た。それは私にあてたものだった。

「いつもよりもっと早く御文をさし上げたいと思いましたが、遠慮されることがありまして、……読みにくかった昨夜のお手紙を拝見に伺えないのがひじょうに残念です。わざわざ殿に私のことを申しあげてくださることはむつかしくても、おりおりはよろしくお取り次ぎくださることをあてにしながら、はかない自分の身のほどをあわれに思っております」

いつもよりもていねいに、きれいに書いてあった。返事は、用事もないのにいつもやるのはと思い、しないですました。翌日、やはり少し気の毒なような気がし、こだわっているのも何か世慣れないようだと思いながら、

「昨日は人の物忌がありまして日が暮れてしまいまして、『心あるとや(絶えずゆく飛鳥の川のよどみなば心あるとや人の思はむ——『古今集』、読人しらず)』の歌のように

御想像にまかせたまま御返事もさし上げませんでした。おりおりにはなんとかといつも心がけていますが、ついでのない身になってしまいましたので、なかなか困難です。悩ましげなお端書《はしがき》にはもちろん御同情申しあげております。……こちらの手紙の紙の色は、昼だって読みにくくお思いになることでしょう」

と書き、わざわざ持たせてやったが、おりからあちらに法師たちがおおぜい来ていて、騒がしそうだったので、そのまま置いて帰って来た。朝早く、向こうから、

「姿の変わった僧侶《そうりょ》たちがおりましたうえ、日も暮れ果ててから、お使いが参りましたので……。

嘆きつつ明かし暮らせばほととぎすみの卯《う》の花の陰になきつつ

（私はつらい身を嘆きながら日を送っていますと、ほととぎすも同じように卯の花の陰にかくれて鳴いています）

ほんとうにどうしたらいいでしょうか。今宵《こよい》はおわびに参上いたします」

と女々《めめ》しく哀れにさえ書いてあった。返事は、

「昨日の御返事をさし上げただけですから、なにもそんなに悲観したり恐縮してい

ただくことはないと思いますが、

陰にしもなどか鳴くらむ卯の花の枝にしのばぬ心とぞ聞く

（陰なぞでどうして鳴くんでしょう。ほととぎすというものは、卯の花の枝で思いきり鳴くということですのに）」

と書き、上の方を消して、端に、

「この歌は不完全な感じがいたしますね」

と書きおくった。

そのころ、左京大夫《さきょうのかみ》がお亡くなりになったと知らせて来た。宮中でも喪に服され、夫もしばしば山寺へ行ったので、ときどき驚かすように音信《たより》をよこしたりして、六月も過ぎ、七月になった。

八月ももう間近なここちがするのに、世話を見ている養女は、まだ心が幼くて、どうかしらといろいろ心配することが多いので、自分の身のつらさなどはすっかり忘れ果ててしまっていた。

七月の二十日ごろになると、頭《かみ》の君がなぜかなれなれしい態度を見せられるように

なったので、私をたよりにしているのだと思っていると、ある人が、

「右馬頭《うまのかみ》の君は、もと関係のあった女を盗み出して、ある所におかくれになっています。ほんとにばかばかしいことだと、世間の評判になっています」

と言うのを聞いて、なんとも言えず、私は重荷をおろした気もちになった。月がたってゆくのに、どう言ってやろうかと思っていたのに、断わる口実ができてよかったと思うものの、何か理解しにくいふしぎな人の行ないであった。そしてまた当の右馬頭からお手紙が来た。見ると、

「人も噂《うわさ》をしていますように、ほんとにわれながらあきれております。心にもないことを申しあげたような結果となりまして、申しわけもございません。しかしこんな興ざめな話でないことも、申しあげたこともありましたから、どうぞあしからずお許しください」

など書いてあった。返事に、

「心にもないこととおっしゃるのは何のことでしょうか。『こんなことではなく』とおっしゃるのは、たぶん道綱のことでしょうが、やはりもの忘れをなさらなかったと思って、たいそう安心しています」

と言ってやった。

八月は、世間に疱瘡《もがさ》が流行して大騒ぎだった。二十日ごろにはこの辺にもはやって来て、とうとう道綱が重く患《わずら》ってしまった。どうしようもなく、消息の絶えている夫にも告げてやろうかと思うくらいで、私の心労はたいへんだったし、そんなことを言い暮らしていてもしかたがないので、本邸へ文をやって知らせると、返事はまるで冷淡だった。ついにはただ使いの者に、言葉で「どうだ」と言わせただけだった。そんなに親しくもない人まで見舞に来てくれるのにと、いっそう私は腹立たしくなっていった。右馬頭もはずかしげもなく平然としばしば見舞に来た。

九月の初めに、しかし道綱はようやくなおってきた。先月の二十日過ぎから降り出した雨が、この月もやまず盛んに降りつづいて、この中川も、賀茂川と一つになって流れそうに見えたので、私たちの家も、今に洪水におし流されないかと心配だった。世の中はすべてもの哀れなようすで、門前の早稲田《わさだ》もまだ刈り集めてはいなかった。たまに雨間があると、焼米だけをやっと作っているようなしまつだった。疱瘡はさらに一円に広がって、故一条の太政大臣《おおきおとど》の御子息の二人の少将とも、この月の十六日に亡くなったと騒いでいる。思いやるだけでほんとにお気の毒なことだった。こんな噂を聞くにつけても、回復した道綱はほんとに運がよかったのだ。そして別にとり立てた用事もなかったので、まだ外出はせず、家でぶらぶらしていた。二十日過ぎに珍し

く夫から文があって、

「助(道綱)はどうした。こっちの子どもはみななおったが、道綱がどうして来ないのかと心配だ。……そちらがひどく私を憎んでいるから、ほうっておくわけではないが、こちらでもいじを張って過ごしていたのだ。忘れたわけではないんだが……」

とこまごまと書いてあるのもふしぎだった。返事には、しかしたずねてきた道綱のことばかり書いて、端の方に、

「ほんとにお忘れになることもおありでしょう」

と書きつけておくった。

道綱が外出をしはじめた最初の日、どうしたのか、途中で例の文を通わせた人とすれちがったが、両方の車の筒《どう》がひっかかって困ってしまった。翌日道綱は、

「昨夜はまったくわからないで失礼しました。それにしても、

年月の廻《めぐ》りくるまの輪になりて思へばかかる折もありけり

(長い年月あなたをしたっておりましたが、時には車の輪になって、あなたの車にひっかかるようなうれしいこともあるものです)」

と言ってやったのを、先方では取り入れておきながら、その手紙の端に、平凡な筆跡で、

「ちがいます。こちらには、こちらには、心当たりがありません」

と同じ言葉をくり返した文面で、返事をして来たのは、何か解《げ》せないことであった。

やがて十月になった。二十日過ぎに、方違《かたたが》えをするために移って行った父のところで聞くと、あのいやな近江《おうみ》のところで子どもを生んだということだった。以前なら、黙っているよりも、ああ憎らしいと思うはずなのだが、今はもう平気で過ごせるような気がするのだった。宵の間に燭台《しょくだい》の用意などしている時、兄が近く寄って来て、懐《ふところ》から陸奥紙《みちのくがみ》で結んで手紙を枯れ薄《すすき》につけたのを取り出した。

「へんなこと、どなたのお手紙？」

ときくと、

「まあごらんなさい」

というのである。開いて、火影《ほかげ》にすかして見ると、筆跡はいやな夫の字とよく似ている。文面には、

「あの『いかなる駒かなづくべき』とあったのは、どうしましたか。

霜枯れの草のゆかりぞあはれなるこまがへりてもなづけてしがな

（歌を拝見しますと、あなたは自分を老草にたとえていられるが、私も縁故の深い霜枯れの人間なので同情いたします。一つ若返ってあなたをなずけてみたいものですが）

ああひどくせつない気がします」

とある。私が夫に言ってやって後悔している歌の文句を引いてあるので、どうもおかしかった。

「これはどなたのですか。堀河殿のことですか」

と尋ねると、

「太政大臣のお手紙です。御随身《みずいじん》の某《それがし》がこちらの邸に持って来たのを、あて名の人はこちらにいらっしゃらないと断わったのに、『それでも確かに』と言って置いて行きました」

という話なのだ。どうして自分の歌なぞがお耳にはいったのかと、考えても考えてもあやしいことであった。また人ごとにどうしたらよかろうかと相談したりしていると、昔気質《かたぎ》の父が聞きつけて、

「そりゃおそれ多いことだ。そんなときにはさっそく返事を書いて、この持って来

た御随身に渡すべきものです」

と恐縮している。それで大臣《おとど》の歌をそんなにおろそかに思ったわけではないが、本気になれるものではなく、いいかげんな和歌を作った。


笹《ささ》分けばあれこそまさめ草枯れの駒なづくべき森の下《した》かは

（笹を分けて入っていらっしゃったらいっそうひどく荒れるでしょう。こちらの森の下はもうすっかり草も枯れて駒なぞなずくものではございません）

と御返事した。後に、ある人の話だと、

「これの返事をもう一度なさろうとして、歌を半分ほどお詠みになったのだが、終わりの方がまだうまくできないとおっしゃっている」

とのことだったが、そのまま時日が久しくたってしまったのもおかしかった。

臨時の賀茂祭りが明後日行なわれるというので、道綱はにわかに舞人に召された。それにつけて、珍しく夫から文があった。

「どうするか」など気を配って、必要な物を皆整えて届けてくれた。翌日試楽の日には、

「けがれで引きこもっていて暇があるが、宮中へは参内することもできないので、そちらへ行って道綱の世話を見て送り出してやりたいが、おまえが寄せつけてくれそうもないので、どうしたらよいか、とても気がかりだ」

と言って来た。こんな時、こんな言い方は胸がつぶれるようで、今さら来ていただいてもどうするつもりかと思いあまり、

「早く装束をつけて、あちらへ参上しなさい」

と急いで本邸へ出してやったが、なぜか私はあとで涙が流れてしかたなかった。

本邸では、夫が道綱を相手に立って、舞を一わたり練習させて参内させた。

二十三日の祭りの日は、私も、「ぜひ見なければ」と心をはずませて出かけると、ある場所に引かれた幕のそばに、あまり目立たない檳榔《びろうげ》毛の車が、後口《しりくち》をおろして立っている。入り口にかけた簾《すだれ》の下から、美しい練絹に紫の織物の重なった袖口がのぞいていたようだったので、なんとなく女車だと思って見ていた。すると車の後方にある家の門から、六位の男の太刀を佩《は》いたのが威儀を正して出て来て、車の前にひざまずいてものを言うので、驚いて目をとめて見ると、夫が降りて出て来たのであった。車のそばには、赤い袍《ほう》を着た五位や、四位以上の黒袍の官人たちがおしかけてひしめいている。よく見ると、その中には顔見知りの人も多くいるように見えた。例年の時

よりも神前の儀式が早く終わって、上達部《かんだちめ》の車を駆けさせて来るものは、みな夫を見つけたからだろうか、そこに車を止め、同じ場所に車の口をそろえて立ちならんでいた。そんな中で、愛する親の欲目なのか、道綱はにわかに舞人に出たにしては、供人なぞもきらきらしく、りっぱに見えたことだった。上達部が手ごとにあの子にくだものなどを差し出し、もの言いかけたりなさるので、いかにも面目をほどこしたような気がした。また古風な私の父も、例の許されないことなので身分相応に、五位の官人のなかにまじっていたのを、夫はおおぜいいる中から特につれて来させて、あの家の中から酒など取り出して来ているので、高位の方々から杯をさされたりしているのを見ていると、ただその片時ばかりは夫のなさり方に対し、満足な気もちにもなるのだった。

さてそのころ、道綱に、「こうしているよりは」なぞとかしこだてを言って、縁談を取り持つ人があって、あの子の方でも引きつづき歌を贈っている所があった。八橋《やつはし》に縁の深い三河守《みかわのかみ》の女《むすめ》とのことだった。最初に、道綱から、

葛城《かつらぎ》や神代のしるし深からばただ一言《ひとこと》にうちも解けなむ

（一言主神《ひとことぬしのかみ》のいるという葛城山の神代のしるしが深いなら、ただ一言でうちとけていた

だきたいものです）

その時は返事がなかったので、重ねて、

かへるさの蜘蛛手《くもで》はいづこ八橋のふみ見てけむと頼むかひなく

（かえり道の蜘蛛手のように八橋にふみ迷って、私の文を読んでくださったろうと頼みにしていたかいもなく、御返事がいただけません）

今度は返事があって、

通ふべき道にもあらぬ八橋をふみ見てきともなに頼むらむ

（通うべき道ではない八橋にふみ入れてごらんになっても、なんにもなりません）

と代筆に書かせてある。また道綱から、

なにかその通はむ道のかたからむふみ初《はじ》めたるあとを頼めば

（なんで通う道のむつかしいことがありましょう。もうふみ入れ初めたのですから、あとはすらすらと行くにちがいありません）

また返事が来た。

たづぬともかひやなからむ大空の雲路《くもぢ》は通ふあとはかもあらじ
（おたずねになってもむだでございましょう。大空の雲路というものは通うあともはっきり残りませんから）

向こうでも負けるものかと思っているようなので、また道綱から、

大空も雲のかけはしなくばこそ通ふはかなき嘆きをもせめ
（大空も雲のかけはしがないなら、通うにも通えぬはかない嘆きをするでしょうが、かけはしさえあればなんとか通って行けます）

返事、

ふみ見れど雲のかけはしあやふしと思ひ知らずも頼むなるかな
（踏んでみると、雲のかけはしは危険なものだということを、あなたは知らないであてにしていらっしゃいますよ）

また言ってやる。

なほをらむ心頼もし葦鶴《あしたづ》の雲路おり来る翼やはなき
（やっぱりこのまま待っていましょう。鶴が雲からおりて来る翼のないはずはないからと、あてにしていますよ）

今度は「暗いから」と言って、返事はなかった。

十二月になった。そこで、また、

かたしきし年はふれども狭衣《さごろも》の涙にしむる時はなかりき
（衣を不完全に敷いてひとり寝で年を経て来ましたが、後朝《きぬぎぬ》の涙で着物をぬらした経験はまだありませんでした）

と言ってやったが、「よそへ出かけていますので」と言って返事はなかった。翌日、返事をもらいに人をやると、柧棱《そば》の木に「見き(見ました)」とだけ書いてよこした。さっそくこちらから、

わがなかはそばみぬるかと思ふまで見きとばかりも気色《けしき》ばむかな

(わたしたちの仲はすっかり離れてしまったかと思えるくらいで、「見た」とだけよくまあ空々しくおっしゃいますね)

返事、

天雲《あまぐも》の山の遥《はる》けき松なればそばむる色は常磐《ときは》なりけり

(私の方は空高くそびえる山の松ですから、くねり立っているその色はいつだって常緑なのです。初めから今まであなたにうちとけたことなぞありません)

今年は旧年内に節分があるので、方違《かたたが》えに「こちらへいらっしゃいませんか」など道綱は言わせてやって、

いとせめて思ふ心を年の内に春来ることも知らせてしがな
（せめて思いつめているこの心に、年内に春を迎えたように、晴ればれとして来るような知らせをほしいものです）

しかし返事はなかった。また催促すると、「間もなく新年になるから、それまで待って、しばらくそのまま過ごしてほしい」などと言って来たのだろう。道綱は、

かひなくて年暮れはつるものならば春にもあはぬ身ともこそなれ
（なんのかいもなく年が暮れてしまうのなら、春にもあわず死ぬ身となってしまうでしょう）

とまで言ってやったが、今度も返事がないのだ。どうしたのかとふしぎに思っていると、とかくこの人には言い寄る人がたくさんあるという噂なのだ。そんなわけなのかと、

われならぬ人待つならば松といはでいたくな越しそ沖つ白波
(私以外の人を待っているのなら、まつなぞと言わないでください。そんなにひどく思わせぶりをして、さて裏ぎるようなことはしないでほしいものです)

道綱がこう言ってやったら、返事があった。

越しもせず越さずもあらず波寄せの浜はかけつつ年をこそふれ
(越しもせず、また越さないでもなく、波の寄せる浜辺ではありませんが、おたがいに恋や歌のくらべ合いをしながら年を過ごしているようなものじゃないでしょうか)

年も暮れ近くなって、また道綱から、

さもこそは波の心はつらからめ年さへ越ゆる松もありけり
(恋をくらべているなんて、そんなに波の心は無情なんでしょうか。海辺には年を越えても色の変わらぬ松もありますのに)

返事には、

千歳《ちとせ》ふる松もこそあれほどもなく越えては帰るほどや遠かる
(海辺には千年も年を経た松もあるんですから、まあまあ年帰る新年をお待ちあそばせ。もうすぐほんのわずかな間じゃございませんか)

とあった。少しへんだ、どうしたことだろうなどと思ってみた。ひどく風の吹き荒れる日、また道綱は、

吹く風につけてものを思ふかな大海の波の静心《しづこころ》なく
(ひどい風が吹きますにつけてものを思うことです。大海の波のようにおちついた心もなく)

と見舞の歌をやったところ、「申しあげるべき人は、今日のような味気ない日の来ることを知っておりまして……」と別人の手で書き、ただ一枚の葉のついた枝につけてよこした。女は他に嫁《とつ》いだのである。おり返し、道綱は、「いとおしくて」など書いて、

わが思ふ人は誰《た》ぞとは見なせどもなげきの枝にやすまらぬかな
（わたしの思っている人はだれだ。もう他人の妻になったんだとは思うものの、やはり嘆かれて心が安まりません）

そんな歌を詠むらしかった。

今年は天候がそんなに荒れることもなく、ただ斑雪《はだれゆき》が二度ほど降っただけだ。道綱の元旦の装束、また白馬《あおうま》の節会《せちえ》に着る物などを用意している間に、とうとう大晦日《おおみそか》になってしまった。明日の元日に使う引出物《ひきでもの》の織物や、束帯なぞを折ったり、人に指図して巻かせたり、他人にゆだねたりしながら考えてみると、こんなふうに夫とうち絶えたまま、なお何かに心をひかれあこがれながら、今日になってしまったのもあきれるほどで、歳末の御魂《みたま》祭りをするにつけても、いつもの尽きぬもの思いにおぼれて、茫然《ぼうぜん》としてしまうのだった。

いよいよ年の終わりなので、外では、夜のふけるまで、人の家の門をたたいて歩く音がしている。

解　説
——犀星の王朝物と現代語訳『蜻蛉日記』

久保田淳

平安時代の歌人・文人で、評論家として卓越した存在であった藤原公任は、その手に成る秀歌選『十五番歌合』の十二番で、傅殿《ふのとの》母上すなわち藤原倫寧《ともやす》女、東宮大夫藤原道綱《みちつな》母と帥殿《そちどの》母上すなわち高階貴子、准大臣藤原伊周《これちか》母を左右に番えた。

左　　傅殿母上
嘆きつつひとり寝《ぬ》る夜の明くるまはいかに久しきものとかは知る
右　　帥殿母上
忘れじの行末まではかたければ今日を限りの命ともがな

この選歌と並べ方は『百人一首』でも踏襲されて、そこでは53右大将道綱母・54儀《ぎ》同三司《どうさんし》母の呼び名と順で、王朝最盛期に共に廟堂の要人の母となった二人の才媛が妍を競っている趣がある。

帥殿母上の光と影の半ばする生涯は、彼女を仰ぎ見ていた清少納言の『枕草子』や歴史物語の『栄花物語』によって窺い知るにとどまるが、一世代前の傅殿母上は、後年関白太政大臣にまで昇りつめた藤原兼家《かねいえ》を夫として送り迎えした自らの家庭の内情から自身の心のくまぐままでをあからさまに、『蜻蛉日記』に書き残した。

たとえば、「嘆きつつ」の歌が詠まれた時の彼女の心の動きは、次のように語られている。

……二、三日ばかりありて、暁方に門を叩く時あり。さなめりと思ふに、憂くて開けさせねば、例の家とおぼしき所にものしたり。つとめて、なほもあらじと思ひて、

嘆きつつひとり寝る夜の明くるまはいかに久しきものとかは知る

と、例よりはひきつくろひて書きて、うつろひたる菊にさしたり。

それに対する兼家の返事は、

あくるまでも心見むとしつれど、とみなる召使ひの来あひたりつればなん。いとことわりなりつるは。
げにやげに冬の夜ならぬ真木の戸も遅く開くるはわびしかりけり

というのであった。道綱母はその返事が気にいらない。

しばしは忍びたるさまに、「内裏《うち》に」など言ひつつぞあるべきを、いとどしう心づきなく思ふことぞ限りなきや。

と、嘘をついてだますこともせず、おおっぴらに愛人のもとに通う夫の態度をひどく不快に思う。

町の小路の女と呼ばれるこの愛人は懐妊した。兼家は出産前に吉方を選んで方違《かたたが》えをする際に、女と同車して道綱母の家の前を「前渡り」する。侍女や下仕えの女などが「いと胸痛きわざかな。世に道しもこそはあれ」と憤慨するのを聞いて、道綱母は死んでしまいたいとまで思う。それなのに、三、四日ほどして、夫は手紙で愛人が無事出産したことを知らせてくる。それに対して、ただ「お手紙拝見しました」とだけ返事して、それを持たせた使いの者に尋ねると、愛人が産んだのは男子だったと言うので、胸のふさがる思いだった。

けれども、町の小路の女は子を産んだ後、兼家に飽きられ、さらにその子まで死んでしまった。そのことを聞いた道綱母はあけすけに、

わが思ふにはいま少しうちまさりて嘆くらんと思ふに、今ぞ胸はあきたる。

と、その時の気持ちを書きとどめている。

これにとどまらず、もとからの兼家の妻時姫との関係、成長してゆくわが子道綱への思いなど、さまざまな情念の渦巻くこの仮名日記を、作家・詩人の室生犀星は六十代の後半に現代語訳した。それまでに次々と王朝に取材した短篇小説を発表してきた彼こそはこの日記を訳すに最もふさわしい現代作家であると、編集者が見極めて依頼した仕事だったのであろう。

半世紀以上前のことになるが、歌舞伎座で犀星原作の芝居、「舌を噛み切った女」を見た。少女の頃から山賊の袴野ノ麿に育てられ、今は彼を夫としているすて姫は、袴野が山塞を留守にしている時、山賊仲間の貝ノ馬介に襲われる。すては必死に抵抗

し、強引に口づけする彼の舌を嚙み切り、絶命させたが、その直前彼は彼女への思いを遂げていた。すては懐妊し、馬介の子を産む。袴野は赤子を殺そうとするが、すては〝この子に指一本でも触ったらあんたを嚙み殺す〟と言って、赤子を守り通す。そしてかつて袴野とすてに助けられた都の貴族の姫にその子を預けようと、山塞を出てゆく。芥川龍之介の『偸盗』の女主人公沙金とはまた違った、野性味溢れる野盗の女を尾上梅幸(七世)が演じきっていた。

私はこの芝居をいつ見たのか、忘れていたが、歌舞伎座での「舌を嚙み切った女」の上演は昭和三十一年(一九五六)五月・六月の二ヵ月連続公演で、脚色は円地文子、演出は福田恆存であったことを、原道生氏から教えて頂いた。原作の短篇『舌を嚙み切った女』は同年一月の雑誌「新潮」に掲載され、同題名の短篇集は翌二月に河出書房から刊行されている。そして河出は同時に犀星訳『蜻蛉日記』を『王朝日記随筆集』に収めて刊行しているのである。

犀星その人は二年後の昭和三十三年七月から翌年六月まで、『かげろふの日記遺文』を「婦人之友」に連載し、講談社から単行本として刊行されたこの作品は野間文芸賞を受賞した。犀星が王朝小説を発表した最初は、五十一歳の時の昭和十五年十一月の「婦人之友」に掲載された『荻吹く歌』――『大和物語』の蘆刈り説話をもとにしている――であるが、以後太平洋戦争中、そして戦後と、時折発表されてきたこの系列の作品群の到達点が『かげろふの日記遺文』であった。このように年次を追って犀星の晩年の文学活動を見てゆくと、王朝の女房日記『蜻蛉日記』の現代語訳という仕事は、最晩年の充実した成果、その輝きにかなり深い影響を及ぼしたのではないかという気がしてくる。

私の手元にある犀星訳『蜻蛉日記』は昭和三十一年刊行のものではなく、同四十六年六月、「日本の古典」7『王朝日記随筆集I』として河出書房新社から刊行された版だが、その月報には「訳者のことば」が載っている。ほぼ同じような文章が昭和三十一年刊「日本国民文学全集」7『王朝日記随筆集』にもある。他の訳者たちのことばは普通の書き流した文章だが、「原作の気分を重んじた訳」と題する犀星のことばは箇条書で七ヵ条から成っている。その最初に原文は朝日新聞社の日本古典全書本に拠ったこと、最後に故折口信夫の高弟小谷恒に学問的な教えを受けたことなどを記すが、作家としてはっきりさせておきたかったことは、第二条で述べている次のようなことであろう。

二、原作の気分を重んずるため、なるべく直訳に近い訳し方をし、そのままでは意味の通じないところは補筆し、短かい文章をも書き加えた。もっと突き込んで柔らかい行文をものするとすれば、私流の小説になってしまうおそれがあり、生硬な語句のままで進んだのもそのためである。

訳者としては「私流の小説になってしまう」ことは断じてしてはならない。しかし、作家としては「私流の小説」を書きたいという野心を抑えきれない。『蜻蛉日記』の現代語訳をやりおえた犀星が二年後に『かげろふの日記遺文』を書かずにはいられなかったことは、極めて自然の成行きであったと思われる。

この小説では、道綱母は紫苑の上、町の小路の女は冴野という名を与えられ、二人に兼家のもとからの妻時姫を加えた三人の女の情念のからみ合い、「三人の女の沼で溺れ」る兼家の姿が描かれる。

小説には「あとがき」と「追記」が添えられている。「あとがき」では、『蜻蛉日記』には僅かしかない町の小路の女に関する記述から犀星が何を思い、この小説をつむぎ出したかをはっきりと述べている。

私は私の生母がその夫の死後に、その邸から逐《お》はれて再婚したとか、病死したとかで消息不明になつてゐたことを、この町の小路の女のくだりを読んで、何物かに行き当つたやうな気がし、そこに彼女の若い日を思ひあてることに、書き物をする人間の踊躍と哀れを感じた。（中略）私はすべて淪落《りんらく》の人を人生から贔屓《ひいき》にし、そして私はたくさんの名もない女から、若い頃のすくひを貰つた。学問や慧智のある女は一人として私の味方でも友達でもなかつた。（中略）私が時を隔てて町の小路の女の中の、幾らかでも栄えのある生涯の記述をすすめたのも、みな、この昔のすくひを書き留めたい永い願ひからであつた。（中略）われわれは何時も面白半分に物語を書いてゐるのではない。殊に私自身は何時も生母にあくがれを持ち、機会を捉へては生母を知らうとし、その人を物語ることをわすれないでゐるからだ。

一方「追記」では、「婦人之友」の編集者松井志づ子が十五、六年前訪れて、王朝物語に取材した短篇を書いてほしいと言ったことが王朝物を書き出したきっかけで、それを機に折口信夫を招いて王朝文学を学んだこと、そしてこの度「卒業論文である「蜻蛉の日記」に到着したのである」と書いている。

なお、中野重治は『新潮日本文学小辞典』の「室生犀星」の項で、帝国主義戦争へと傾斜、突入してゆく日本政府の「国民精神総動員」運動と妻とみ子が脳溢血発作によって倒れたこととの二つが犀星を王朝物へ向かわせる一つの素地を作ったとし、

犀星自身、折口信夫との新しい関係のもとに新しく日本古典の勉強をも始め、これは彼にとって、戦争の悪気流に押し流されてしまわぬための、自己の文学を戦争期を通して保つための道ともなった。

と見ている。

ともかく、作家自身の境遇と時代の動きとが作用して、犀星の文学世界の内に王朝物が生まれ、熟成して、深いところにまで到達した。そのために現代語訳『蜻蛉日記』は大きな働きをしたと見てよいであろう。ということであれば、この仕事は古典文学の研究者や古典に関心の深い人々とともに、犀星の文学の意味を高く評価する人、またそれを測りかねている人にも改めて顧みられてよいであろう。

（くぼた　じゅん・国文学）

本書は、一九五六年二月、河出書房より刊行された『日本国民文学全集』7「王朝日記随筆集」に収録された。後に同社から、一九六五年十一月に刊行された『日本文学全集』3にも収録された。本書は、『日本文学全集』3を底本とした。

現代語訳 蜻蛉日記

2013年8月20日　第1刷発行

訳　者　室生犀星《むろうさいせい》

発行者　岡本　厚

発行所　株式会社 岩波書店
〒101-8002 東京都千代田区一ツ橋2-5-5

案内 03-5210-4000　販売部 03-5210-4111
現代文庫編集部 03-5210-4136
http://www.iwanami.co.jp/

印刷・精興社　製本・中永製本

ISBN 978-4-00-602225-9　Printed in Japan

岩波現代文庫の発足に際して

新しい世紀が目前に迫っている。しかし二〇世紀は、戦争、貧困、差別と抑圧、民族間の憎悪等に対して本質的な解決策を見いだすことができなかったばかりか、文明の名による自然破壊は人類の存続を脅かすまでに拡大した。一方、第二次大戦後より半世紀余の間、ひたすら追い求めてきた物質的豊かさが必ずしも真の幸福に直結せず、むしろ社会のありかたを歪め、人間精神の荒廃をもたらすという逆説を、われわれは人類史上はじめて痛切に体験した。

それゆえ先人たちが第二次世界大戦後の諸問題といかに取り組み、思考し、解決を模索したかの軌跡を読みとくことは、今日の緊急の課題であるにとどまらず、将来にわたって必須の知的営為となるはずである。幸いわれわれの前には、この時代の様ざまな葛藤から生まれた、人文、社会、自然諸科学をはじめ、文学作品、ヒューマン・ドキュメントにいたる広範な分野のすぐれた成果の蓄積が存在する。

岩波現代文庫は、これらの学問的、文芸的な達成を、日本人の思索に切実な影響を与えた諸外国の著作とともに、厳選して収録し、次代に手渡していこうという目的をもって発刊される。いまや、次々に生起する大小の悲喜劇に対してわれわれは傍観者であることは許されない。一人ひとりが生活と思想を再構築すべき時である。

岩波現代文庫は、戦後日本人の知的自叙伝ともいうべき書物群であり、現状に甘んずることなく困難な事態に正対して、持続的に思考し、未来を拓こうとする同時代人の糧となるであろう。

（二〇〇〇年一月）

B205
白い道
吉村昭

戦争に負けるということは白いことなのだ——。作家の歴史観の起源に迫るエッセー集。その筆が問いかけつづけてきたものに、いま、対峙する。〈解説〉川西政明

B206
増補 幸田文対話(上)
—父・露伴のこと—

対話の名手として知られた幸田文の各界の著名人との対談をまとめる。上巻では、父・露伴について歯切れのよい語り口で語られる。新収録の対談を増補した。〈解説〉堀江敏幸

B207
増補 幸田文対話(下)
—人生・着物・樹木—

下巻では、幸田文が守り続けた着物、料理、日常生活の流儀、樹木への関心など幸田家の文化が語られる。対談を通して日本語の魅力を味わう。青木玉「あの朝のこと」収録。

B208
ダーウィン家の人々
—ケンブリッジの思い出—
グウェン・ラヴェラ
山内玲子訳

チャールズ・ダーウィンの孫娘による回想は、ヴィクトリア朝の上流階級の人間模様とケンブリッジの街並みをいきいきと蘇えらせる。〈解説〉長谷川眞理子

B209
中勘助『銀の匙』を読む
十川信介

『銀の匙』が時代を超えて共感をもって読まれるのはなぜなのか。織り込まれた表現を解きほぐし、また多くの図版資料を随所に補って、その文学世界の魅力を描き出す。

B210
シェイクスピアに出会う旅
熊井明子

シェイクスピアの故郷やコーンウォールの野外劇場など英国の各地に旅して、出会った人、物、風習などを紹介、作品の新たな魅力を語る。

B211
エクソフォニー
——母語の外へ出る旅——
多和田葉子

母語の外に出るという言語の越境で、何が見えてくるのか。ドイツ語と日本語で創作活動を行う著者による鋭敏で深遠なエッセイ集。〈解説〉リービ英雄

B212
歌、いとしきものよ
星野哲郎

作詞家・星野哲郎。ともに歩み、切磋琢磨したヒットメイカーたちを招き、その作品と人生について語りあう。演歌の巨匠が綴る、歌謡曲への応援歌。〈解説〉高　護

B213
筑豊炭坑絵物語
山本作兵衛
田川市石炭資料館監修
森本弘行編

山本作兵衛の炭坑記録画は、日本初のユネスコ世界記憶遺産になった。二二七点すべての解説文を翻刻した文画集。カラー口絵4頁。

B214
母
老いに負けなかった人生
高野悦子

父の急死のあと十一年余、母を介護した著者が、映画に励まされながら、母の夢を自らの夢として歩みつづける半生をふりかえる。

2013. 8

B215-216
小津安二郎周游（上・下）
田中眞澄

小津研究の第一人者が歴史の細部を見つめ、巨匠の生涯と全仕事を描きだす。上巻は戦前・戦中期。下巻は戦後の名作とその背景をたどる。〈解説〉川本三郎

B217
続 赤い高粱
莫言
井口晃訳

中国山東省高密県東北郷。日本軍を奇襲した祖父らだったが報復により村は壊滅する。共産党軍、国民党軍、傀儡軍、秘密結社がからむ凄烈な物語。五つの連作の後半三篇。

B218
モームの謎
行方昭夫

文学者モームが愛した女性、そして男性とは誰か。スパイだったのは本当か。晩年に襲ったスキャンダルとは。謎多き人生に迫る12章。岩波現代文庫オリジナル版。

B219
覚書 幕末・明治の美術
酒井忠康

幕末から明治初期の近代日本美術の揺籃期を論じた美術評論集。西洋美術との邂逅と、美術家の挑戦と挫折が、変転する時代の中に描き出される。岩波現代文庫オリジナル版。

B220
笑いのこころ ユーモアのセンス
織田正吉

なぜ人は思わず笑ってしまうか。博学な演芸作家が難解なこの問いに挑む。落語、漫才、映画、文学、哲学等から選りすぐったいい話を紹介。

2013. 8

岩波現代文庫[文芸]

B221
ちいさな言葉
俵　万智

『サラダ記念日』で知られる歌人は、シングルマザーとして、幼い息子との会話を堪能中。微笑ましい情景のなかの日本語再発見。

B222
エンデのメモ箱
ミヒャエル・エンデ
田村都志夫訳

百十数の短編から、エンデの多彩な面が万華鏡のように浮かび上がる、ファン必読の書。創作の秘密が、いま明らかになる。

B223
大人にはわからない日本文学史
高橋源一郎

一葉からケータイ小説まで、近代文学の古典と現代小説を自在に対話させて、小説を読むたのしさを伝える新しい文学史序説。〈解説〉穂村　弘

B224
瀬戸内少年野球団
阿　久　悠

敗戦直後の淡路島を舞台に、野球を通して民主主義を学ばせようとする女教師と子供たちとのふれあいと絆を描いた作詞家阿久悠の代表作。〈解説〉篠田正浩

B225
現代語訳 蜻蛉日記
室生犀星訳

王朝日記文学の代表作『蜻蛉日記』を、室生犀星の現代語訳で味わう。道綱母の波瀾に富んだ生涯が、散文と流麗な和歌を交えながら描かれる。〈解説〉久保田淳

2013. 8